L'ÉCAILLE DU DRAGON

Marqué par le Dragon Livre 1

DRAGONFIRE PRESS

ÉGALEMENT PAR RICHARD FIERCE

CHEVAUCHEURS DE DRAGONS D'OSNEN

Le Prix de L'Honneur
Épreuves par Sorcellerie
Une union par les Flammes
L'appel du guerrier
La Pièce des Âmes
Ailes de Terreur
Yeux de Pierre
Crocs et Griffes
La Servante des Âmes
Fumée et Ombre
Le Cavalier Sombre
Le Chant des Ossements
Épée et Couronne
Marées des Ténèbres
Colère et Ruine
Tombeau des Serments

L'ÉCAILLE DU DRAGON

Marqué par le Dragon Livre 1

RICHARD FIERCE

Droit d'auteur

Ceci est une œuvre de fiction. Tous les événements décrits dans ce livre sont fictifs, et toute ressemblance avec des personnes ou des événements réels est purement fortuite. Tous droits réservés, y compris le droit de reproduire ce livre ou des parties de celui-ci sous quelque forme que ce soit sans l'autorisation expresse de l'éditeur.

©2021 Richard Fierce, pour le texte
©2024 Richard Fierce, pour la traduction français
Titre original: Scale of the Dragon
ISBN: 979-8-89631-047-1

Dragonfire Press

1

Le soleil brillait au-dessus, rappelant à Mina pourquoi elle redoutait les parties de chasse estivales de Lord Klodian. Il était presque obsédé par son désir de chasser les dragons pour le sport, et il utilisait Mina comme un chien de chasse pour les dénicher.

Sa vie n'avait pas toujours été si excitante. Autrefois, elle était une fille normale qui travaillait à la ferme avec sa famille... jusqu'à ce qu'ils la vendent à Lord Klodian. Ces jours-là lui semblaient si lointains maintenant. Au moins, ces souvenirs ne la faisaient plus pleurer. Elle avait versé assez de larmes pour le reste de sa vie, à son avis.

— Par où, fillette ?

Mina avait ralenti le pas, provoquant l'exigence de Lord Klodian. Elle le regarda par-dessus son épaule. Il était assis sur son cheval de guerre noir, son armure de plaques polie scintillant au soleil. La visière de son heaume était relevée, et il la regardait avec impatience.

À sa droite chevauchait un groupe de ses hommes, et à sa gauche se trouvait Vhan, l'écuyer de Klodian. Les hommes la regardaient avec une expression ennuyée plaquée sur leurs visages, mais Vhan semblait excité. L'écuyer était toujours ravi quand il s'agissait de chasses au dragon.

— Par ici, répondit Mina.

Elle continua à marcher péniblement le long des dunes, suivant l'attraction subtile qu'elle ressentait de l'écaille incrustée dans sa jambe. Cela l'exaspérait que Klodian la force à marcher pendant que lui et son entourage montaient à cheval. Certes, il savait que ce serait plus rapide si elle était montée, mais encore une fois, il le faisait probablement juste pour la contrarier.

Mina était l'esclave de Klodian, et elle le savait. Que ce soit légal ou non était une autre question, mais d'après ce que Mina avait compris jusqu'ici dans sa jeune vie, les Seigneurs de Domaine faisaient ce qui leur plaisait tant que cela ne leur attirait pas d'ennuis avec le Haut Prince.

Elle supposait que c'était une petite bénédiction d'appartenir à Klodian. Il y avait des rumeurs selon lesquelles d'autres Seigneurs de Domaine pouvaient être très abusifs, voire violents. Bien que Klodian n'ait jamais levé la main sur elle, il était manipulateur et impétueux. Grandir parmi les riches et l'élite semblait inculquer ces qualités aux gens.

Devant elle, Mina aperçut une haute mesa qui s'élevait à plusieurs centaines de pieds au-dessus du paysage environnant. Le sommet était plat, et les côtés étaient abrupts et droits comme si une créature souterraine l'avait poussée directement hors du sol. La formation rocheuse était de diverses nuances de rouge entremêlées, mais ce n'était pas ce qui attirait l'attention de Mina.

C'était l'entrée ombragée de la grotte.

Elle dirigea ses pas vers la montagne et l'écaille dans sa jambe commença à brûler. Ce n'était que légèrement inconfortable, mais une fois qu'ils seraient à quelques centaines de mètres du dragon, la douleur serait atroce. Cela arrivait à chaque fois, mais cela ne l'arrêtait jamais. Ce n'était pas la peur que Klodian la punisse qui l'empêchait de faire demi-tour. C'était sa haine pour les dragons.

Ils étaient la source de son malheur. Ou plutôt, l'un d'entre eux l'était. Cela n'avait pas d'importance pour Mina. Le seul bon dragon était un dragon mort, et elle continuerait donc à guider Lord Klodian dans ses chasses avec l'espoir qu'un jour, il tuerait la bête dont l'écaille faisait de sa vie un cauchemar.

— Il est là, dit Mina. À l'intérieur de la grotte.

— Tu en es certaine ? demanda Klodian. Il n'est pas au sommet, se préparant à fondre sur nous ?

Elle se tourna pour le regarder. Klodian n'avait pas gardé son titre de Seigneur de Domaine pour rien. Il était certes né dans cette position, mais cela ne garantissait pas à quelqu'un le titre à vie. Il y avait toujours quelque jeune ambitieux qui voulait le pouvoir et la renommée pour lui-même, et l'esprit vif et la méfiance de Klodian l'avaient sauvé de nombreuses tentatives d'assassinat.

— J'en suis certaine, mon Seigneur. L'écaille est peut-être une malédiction, mais elle ne ment jamais.

— La malédiction de l'un est le don du ciel pour l'autre. Tu n'aimes peut-être pas ton don, fillette, mais il a quadruplé ma fortune.

C'était une autre chose qui dérangeait Mina. Lord Klodian l'appelait toujours « fillette » et jamais par son vrai nom. Elle supposait qu'il faisait cela par dépit, également.

— Vous avez droit à votre opinion, comme j'ai droit à la mienne. Et je dis que c'est une malédiction.

Klodian rit et glissa de sa monture, atterrissant avec un cliquetis lorsque son armure de plaques s'entrechoqua. Il dégaina son épée de sa ceinture et l'examina rapidement, puis la remit en place. Il fit signe à Vhan, et l'écuyer descendit également de cheval. Vhan portait une lance, mais l'arme n'était pas la sienne. Il n'avait pas encore gagné le privilège d'apprendre à se battre.

— Attendez-moi ici, ordonna Klodian, prenant la lance de Vhan. Je reviendrai bientôt.

Mina le regarda disparaître à l'intérieur de la grotte. Les hommes commencèrent à discuter entre eux, partageant des ragots et parlant de choses qui faisaient souhaiter à Mina qu'un dragon fonde sur eux. Qu'il les mange ou qu'il la mange elle n'avait pas d'importance, tant que cela mettait fin à sa misère.

Vhan s'approcha lentement de l'endroit où se tenait Mina, un sourire aux lèvres.

— Ne demande même pas, dit Mina.

— Je ne l'ai jamais vue, répliqua Vhan. Et j'ai *vraiment* envie de la voir.

— Pourquoi ? Pour que tu puisses te moquer de moi aussi ? Non, merci.

— Je ne me moquerais pas de toi. Je trouve que c'est cool d'avoir une écaille de dragon dans la jambe. J'en aurais une si je pouvais. Comment l'as-tu eue, d'ailleurs ?

— Je suis sûre que tu as entendu les histoires, dit Mina.

— J'ai entendu des rumeurs, qui sont généralement loin de la vérité. Et je n'ai jamais entendu l'histoire de ta bouche, alors...

Vhan la regardait avec attente.

— Je suis tombée dessus.

— Tu veux bien développer ?

Mina poussa un soupir, sachant que Vhan l'agacerait jusqu'à ce qu'elle cède.

— Je jouais dans les collines quand j'étais jeune, et un trou s'est ouvert sous moi. Je suis tombée dans un nid de dragon et j'ai atterri sur un tas d'écailles. Celle-ci, Mina frappa sa cuisse, s'est enfoncée dans ma peau.

Les yeux de Vhan s'écarquillèrent. — Sérieusement ? Ça a dû être incroyable. D'être dans un nid de dragon, je veux dire.

— Le nid était abandonné. Et ce n'était pas du tout incroyable. Ça a ruiné ma vie.

— Tu es en vie, non ? demanda Vhan.

— J'existe, mais je n'appellerais pas exactement être l'esclave de Klodian vivre.

— Certaines personnes ne l'aiment pas, mais moi si. Il est toujours gentil avec moi. J'ai un lit chaud et à manger, donc je ne peux pas me plaindre. Il n'y avait pas grand-chose chez moi, alors être l'écuyer de Lord Klodian a été la meilleure chose qui me soit arrivée.

Mina lui offrit un faux sourire dans l'espoir qu'il comprenne le message et arrête de parler, mais il continua à bavarder sur les merveilles d'appartenir au Domaine de Klodian. Mina cessa d'écouter sa voix et observa l'entrée de la grotte, se demandant combien de temps il faudrait à Klodian pour tuer le dragon. Sa jambe brûlait encore, ce qui signifiait qu'il n'était pas encore mort. Au moins, il ne les avait pas forcés à entrer dans la grotte avec lui.

Au bout d'un moment, Vhan la laissa tranquille et s'éloigna pour écouter les vassaux. Mina se frotta la jambe, massant la peau autour des bords de l'écaille. Elle ne craignait pas pour la sécurité de Klodian. S'il mourait, elle aurait une chance de s'échapper. Mais il était peu probable qu'il soit tué, pas avec le pouvoir de ses runes. C'était un autre avantage dont jouissaient les nobles fortunés : la magie.

La magie runique était sanctionnée par le Haut Prince, et seuls les nobles avaient le droit de l'utiliser légalement. Tout le reste était interdit, mais cela n'empêchait pas les gens de la pratiquer en secret. Bien que Mina n'ait jamais rencontré de sorciers illégaux, elle savait qu'ils existaient. On murmurait qu'aux confins des Domaines, il y avait des gens qui vendaient ouvertement leurs services à d'autres.

La brûlure dans la jambe de Mina cessa brusquement, et elle sourit. Un autre dragon était mort. *Bon débarras*, pensa-t-elle. Un instant plus tard, Lord Klodian sortit de la grotte. Il était couvert de poussière et de sang, et portait une corne tranchée dans une main. Vhan se précipita vers lui et le couvrit d'éloges, toujours l'écuyer loyal. Mina trouva ce spectacle agaçant et détourna le regard, levant les yeux vers les parois déchiquetées de la mesa.

— C'est le premier dragon de la saison, dit Vhan.

— Le premier d'une longue série, répondit Klodian. Fille.

Mina le regarda, et il lui lança la corne. Elle l'attrapa et la retourna, l'examinant. Elle était petite, et elle devina que le dragon devait être un adolescent.

— Pour ta collection, dit Klodian.

— Merci, mon Seigneur.

— Retourne au château et convoque les ouvriers, ordonna Klodian à Vhan. Dis-leur d'apporter beaucoup de chariots. La bête thésaurisait suffisamment de babioles pour financer une armée.

— Tout de suite, monsieur.

Vhan monta sur son cheval et partit. Les vassaux se rassemblèrent autour de Klodian et l'écoutèrent raconter comment il avait tué le dragon. Mina passa ses doigts le long de la corne, sentant les lignes rugueuses qui sillonnaient sa surface. Chaque corne était différente, mais elles avaient toutes des similitudes. Elle jeta un coup d'œil à la grotte et crut voir des yeux brillants la fixer depuis l'ombre. Elle cligna des yeux plusieurs fois et plissa les yeux, mais il n'y avait rien.

C'était probablement son imagination. Elle attendit que Klodian finisse de se vanter de son exploit, puis ils commencèrent le voyage de retour au château. Mina serrait la corne dans ses mains, espérant que le prochain dragon à être tué serait celui qui la libérerait.

Comme elle détestait les dragons.

2

La journée avait été éprouvante pour Caden.

Il avait affronté une série d'épreuves qui avaient mis à l'épreuve son esprit et son corps, et il avait repoussé ses limites plus loin qu'il ne l'aurait jamais cru possible. Des exploits de force, des défis tactiques et de nombreuses autres épreuves destinées à déterminer s'il était digne d'être un Runesman avaient été son unique préoccupation.

Et il avait réussi la sélection.

Caden faisait la queue, attendant son tour pour être marqué. Quelques-uns de ses camarades avaient subi des blessures mineures, et l'homme devant lui saignait d'une coupure à l'arrière de la tête. Cela ne semblait pas le déranger, alors Caden ne le lui fit pas remarquer.

À la fois épuisé et sale, Caden était prêt à se reposer. Les épreuves avaient été physiquement éprouvantes, certes, mais son esprit avait été mis à l'épreuve encore plus durement. Il avait essayé de ne penser qu'à ses tâches, mais cela n'avait pas aidé. Tout du long, il s'était remis en question, craignant d'échouer d'une manière ou d'une autre. Lorsqu'on lui avait annoncé qu'il avait été accepté comme Runesman, c'était comme si un lourd fardeau avait été retiré de ses épaules.

S'il y avait une chose que Caden désirait dans la vie, c'était la célébrité. Et la richesse. Donc, deux choses. Elles allaient généralement de pair, de toute façon. Il ne voulait pas être un Seigneur de Dominion — et ne pouvait pas l'être — mais il voulait *tout* ce qu'ils avaient. Et le moyen le plus simple d'obtenir les deux était de devenir un Runesman.

Comme il vivait dans la Dominion de Thophate, cela signifiait qu'il avait été forcé de s'enrôler dans l'armée du Seigneur Ardit Klodian. Ce n'était pas nécessairement un problème en soi, mais le Seigneur Klodian ne faisait pas assez la guerre aux autres Dominions pour que Caden puisse gagner la renommée qu'il désirait. Alors, il avait conçu un plan. Un plan d'une simplicité qui, à ses yeux, avait peu de chances d'échouer.

Il s'enrôlerait auprès du Seigneur Klodian, puis demanderait un transfert de citoyen vers une autre Dominion. Le transfert vers une autre Dominion n'était pas inédit, et avec les bons arguments, il n'y avait aucune raison pour que le Seigneur Klodian le lui refuse.

La seule faille que Caden pouvait trouver à son plan était qu'il ne savait pas quelle Dominion était en bons termes avec le Seigneur Klodian. Ils entraient et sortaient des faveurs les uns des autres aussi souvent que le vent changeait de direction, ce qui signifiait que Caden devrait rester à l'écoute. S'il demandait un transfert vers l'un des ennemis de Klodian, eh bien... ce serait mauvais.

— Avancez.

Un homme d'âge mûr corpulent était assis derrière une table en bois, griffonnant des noms sur un parchemin avec une plume. Il trempa la plume dans un encrier et leva les yeux vers Caden. L'homme portait de fines lunettes qui étaient perchées au bord de son nez, menaçant de glisser à tout moment.

— Nom ?

— Caden Davtyan, répondit Caden.

L'homme répéta le nom dans un murmure tout en écrivant le nom de Caden, orthographiant mal son nom de famille. Caden ne prit pas la peine de le corriger. Personne n'avait jamais réussi à orthographier correctement son nom de famille, et le père de Caden lui avait appris il y a longtemps qu'un homme doit choisir ses batailles avec soin.

— Possédez-vous une lame ?

— Pas encore, répondit Caden avec un sourire.

— Bien. Allez à la tente rouge où se trouvent ces hommes et attendez le Capitaine Eduard. Il déterminera la meilleure rune pour vous.

— Merci.

Caden se dirigea vers la tente que l'intendant avait indiquée, rejoignant le groupe d'hommes qui attendaient là, et jeta un coup d'œil autour du champ. Ils étaient à l'extérieur du château, et divers obstacles avaient été installés pour les festivités de la journée. Le jour de l'enrôlement n'avait lieu qu'une fois tous les quelques mois, et Caden avait attendu longtemps ce moment. Maintenant que les Runesmen avaient été choisis, des serviteurs s'affairaient à nettoyer le terrain.

Tournant son attention vers les autres membres de son groupe, Caden repéra un homme aux longs cheveux tressés. Il trouva cela étrange jusqu'à ce que l'homme se retourne et qu'il réalise que ce n'était pas un homme du tout, mais une femme.

— Qu'est-ce que tu regardes ? aboya-t-elle.

— Rien, répondit calmement Caden. Il ne détourna pas les yeux pour autant. Il soutint son regard.

— Tu penses que je ne devrais pas être ici, n'est-ce pas ? Eh bien, j'ai autant le droit d'être ici que toi. Et je te garantis que je pourrais te botter les fesses d'un bout à l'autre de ce champ sans transpirer.

— Calme-toi, Thais, dit l'un des autres. Garde ton énergie.

— Ferme-la, grogna Thais en retour. Ou je te tabasse aussi.

Elle lança un autre regard noir à Caden avant de se détourner. Caden secoua la tête, trouvant drôle qu'une femme veuille rejoindre les Runesmen. Il supposa qu'elle avait ses raisons, tout comme lui, et qu'il ne devrait pas la regarder de haut.

Le Capitaine Eduard, un homme imposant vêtu de cotte de mailles et d'armure de cuir, s'avança vers la tente et commença à attribuer leurs runes aux gens. Certains partirent vers d'autres tentes, mais Caden et une poignée d'autres reçurent l'ordre de rester où ils étaient.

— Chacun d'entre vous a montré des compétences dans de nombreux domaines, mais ceux d'entre vous qui se tiennent ici ont excellé dans un domaine en particulier. La force.

Le Capitaine Eduard regarda chacun d'entre eux, croisant leur regard pendant un moment avant de passer au suivant.

— Être un Runesman est quelque chose que beaucoup envient, mais tout le monde n'est pas taillé dans le même tissu. Certains de vos camarades seront marqués pour la vue, et d'autres pour la vitesse. Bien que vous puissiez avoir des runes différentes, vous êtes tous une confrérie dédiée à la même cause. Défendre le Thophate et protéger le Seigneur Klodian. Jurez-vous tous allégeance à votre nouveau seigneur jusqu'au jour de votre mort ?

— Je le jure, dit Caden, sa voix se joignant au chœur de ses camarades.

— Bien. Le Marquage fera mal, mais seulement pour un court moment. Ça brûle plus qu'autre chose, du moins c'était le cas pour moi. Enlevez vos chemises et asseyez-vous. Les scribes feront leur travail, puis vous serez escortés aux baraquements.

Caden enleva sa chemise et la fourra dans sa ceinture. Tous les autres enlevèrent la leur également, sauf Thais. Elle resta plantée sur place, son visage un masque de stoïcisme.

— Y a-t-il un problème ? demanda le Capitaine Eduard.

Thais s'éclaircit la gorge. — Dois-je vraiment enlever ma chemise ?

— Si vous voulez être un Runesman. Avez-vous des doutes ?

— Non, monsieur.

Caden l'observa du coin de l'œil, se demandant si elle allait vraiment le faire. Après un bref moment d'hésitation, elle enleva sa chemise. La mâchoire de Thais se crispa et Caden savait que si quelqu'un disait quoi que ce soit d'inapproprié, elle n'hésiterait pas à le mettre à terre.

Personne ne dit mot.

Tout le monde s'assit sur une chaise en bois. Les chaises étaient conçues différemment de tout ce que Caden avait vu auparavant, le dossier se trouvant en réalité à l'avant. Cette conception permettait à la personne assise de se pencher en avant, et lorsque Caden le fit, il comprit l'idée derrière ce design.

Un groupe d'hommes âgés les rejoignit sous la tente, chacun portant un seau rempli de fournitures. Le scribe de Caden posa son seau et en sortit des bandes de tissu propres, des encriers et une sorte d'instrument métallique. Il les disposa sur la table et utilisa l'une des bandes de tissu pour nettoyer un endroit sur le dos de Caden, juste en dessous de sa nuque.

Aucun des scribes ne parlait pendant qu'ils travaillaient. Caden serra les dents face à la douleur alors que des piqûres acérées transperçaient la chair le long de sa colonne vertébrale. Et ça brûlait, exactement comme le capitaine Eduard l'avait dit. De sa vue latérale, Caden observa un autre scribe travailler sur Thais. Elle avait les yeux fermés, mais tressaillait ici et là lorsque le vieil homme la piquait avec son instrument métallique.

Il trempait la pointe dans un encrier, puis la plantait dans la chair de Thais. Pour autant que Caden puisse en juger, chaque scribe suivait le même processus. Bien qu'il sût que le fait d'être un Runesman accordait à son seigneur la capacité d'emprunter un attribut, il ne savait rien de la façon dont la magie des runes fonctionnait réellement.

En observant le scribe travailler, il supposa que la magie imprégnée dans la rune avait quelque chose à voir avec l'encre utilisée. Les scribes tatouaient une rune dans leur chair, et puisque cette rune les reliait à leur seigneur, il semblait logique à Caden que l'encre soit magique d'une certaine manière.

Thais ouvrit les yeux et le regarda, fronçant les sourcils. Caden détourna son regard droit devant lui et essaya de ne pas penser à Thais le réduisant en miettes. Il essaya également de ne pas penser à son torse nu, car cela causerait d'autres problèmes. Elle lui rappelait un animal sauvage, féroce et dangereux. Et pourtant, il était attiré par elle. Elle était jolie, c'était indéniable, mais sa personnalité contrastait tellement avec son apparence que Caden savait qu'il ne poursuivrait jamais rien avec elle.

Ses pensées conflictuelles furent interrompues lorsqu'une douleur aiguë traversa son dos, et il sentit ses pieds s'engourdir. Le scribe qui le tatouait appliqua quelque chose d'épais et de gras sur sa chair, le frottant soigneusement. L'engourdissement s'estompa, mais son dos brûlait toujours comme du feu.

— La rune est terminée, dit le vieil homme.

Caden se redressa, étirant ses muscles endoloris. Il regarda le vieil homme remettre tout dans son seau, puis partir. Le capitaine Eduard s'approcha pour inspecter la rune et hocha la tête en signe d'approbation.

— Bien joué, Runesman.

Caden ne put s'empêcher de sourire bêtement.

3

Lorsque les murs de pierre rouge du château de Klodian apparurent, Mina poussa un soupir de soulagement. Elle avait eu l'impression que quelqu'un les observait. L'idée était ridicule, elle le savait, mais la sensation était intense. Lord Klodian et sa suite ne remarquaient rien, toujours en train de parler de sa prouesse à tuer le dragon du mesa.

Même Vhan ne prêtait pas attention à leur environnement. Certes, ils étaient dans les frontières du Dominion Thophate, mais cela ne signifiait pas que des ennemis ne se cachaient pas, attendant une occasion d'éliminer Lord Klodian. Mina frotta distraitement l'écaille sur sa jambe et se demanda si les yeux brillants qu'elle avait vus n'étaient vraiment que le fruit de son imagination.

Il faisait chaud et elle avait soif, alors peut-être avait-elle vu un mirage. Plus elle y réfléchissait, plus elle se convainquait que c'était ce qui s'était passé. En s'approchant du château, Mina pouvait voir que la Journée d'Enrôlement touchait à sa fin. Klodian supervisait habituellement les procédures, mais aujourd'hui avait été différent.

Klodian et les autres chevauchaient à un rythme lent, permettant à Mina de les suivre. D'habitude, il la laissait derrière, sachant qu'elle finirait par retrouver son chemin jusqu'au château. Vhan se retournait de temps en temps pour la regarder, et elle supposait qu'il vérifiait comment elle allait. Vhan semblait être une personne agréable, mais Mina avait appris il y a longtemps à ne faire confiance à personne.

Lorsqu'ils atteignirent le champ où se trouvaient les nouveaux Runesmens, Klodian s'arrêta et mit pied à terre. Vhan s'empressa de l'imiter, suivant le seigneur comme un petit chien. Mina garda ses distances, mais elle jeta un coup d'œil aux visages des nouveaux soldats de Klodian. Elle n'en reconnaissait aucun, mais elle remarqua une femme parmi eux. C'était une première.

— Lord Klodian, salua le Capitaine Eduard en s'inclinant.

— Capitaine.

— Comment s'est passée la chasse ?

— Elle était bonne, répondit Klodian en retirant son casque. Je vous en parlerai plus tard. Combien de nouveaux Runesmens avons-nous ?

— Soixante.

Mina pouvait dire à la façon dont Eduard l'avait dit qu'il savait que Klodian ne serait pas satisfait. Le Seigneur du Dominion balaya du regard la mer de nouveaux visages et finit par hocher la tête.

— Pourquoi si peu ?

— Vous avez des normes élevées, mon Seigneur. Il est de mon devoir de faire respecter ces normes et de n'enrôler que les meilleurs.

— Et le Marquage ? Des problèmes ?

— Trois, répondit le Capitaine Eduard. Trois sont morts pendant le processus.

Mina fut surprise d'entendre cela. Il était rare que quelqu'un meure pendant le Marquage, mais ce n'était pas impossible. Ceux trop faibles pour accepter la rune magique étaient généralement libérés de leur serment et partaient trouver une autre voie dans la vie, mais avec quelques nouvelles cicatrices. Que trois soient morts... eh bien, les scribes responsables seraient mis à mort en guise de punition.

Klodian fronça les sourcils. — Je vois. Et les affectations ?

— Dix ont été marqués pour la force. Cinq pour la rapidité, et cinq pour la vision. Les autres ont reçu la rune commune.

— J'avais besoin de plus de fantassins, donc je suis content d'entendre ça. Espérons que nous verrons plus de talent au prochain enrôlement. Continuez, Capitaine. Je vous verrai au festin ce soir.

Klodian et Vhan remontèrent sur leurs chevaux et retournèrent au château, laissant Mina derrière. Elle s'inclina devant le capitaine, mais il l'ignora et s'éloigna, criant des ordres aux serviteurs qui nettoyaient le champ.

Mina regarda la femme Runesman avec curiosité. Elle n'avait jamais vu une femme soldat, ni même entendu parler d'une telle chose. La femme lui rendit son regard, du feu dans les yeux.

— Tu as un problème ?

— Non, répondit Mina.

— Alors pourquoi tu me regardes ?

— Je suis juste curieuse. Pourquoi voudrais-tu être soldat ?

— Ça ne te regarde pas, cracha la femme. Mêle-toi de tes affaires.

— Par Hadon, Thais. Tout le monde n'est pas ton ennemi.

La femme nommée Thais se tourna vers l'homme qui avait parlé et le frappa au visage, le faisant tomber au sol.

— Tout le monde est ton ennemi jusqu'à preuve du contraire, grogna-t-elle. Et toi ! Thais se retourna vers Mina, le poing droit serré. Elle fit quelques pas en avant, mais un autre homme se plaça sur son chemin.

— Arrête, dit-il.

— Dégage de mon chemin à moins que tu ne veuilles être le prochain !

L'homme croisa les bras et refusa de bouger. Les deux se fixèrent, aucun ne cédant. Le visage de Mina rougit d'embarras. Personne ne l'avait jamais défendue, et c'était étrange qu'un étranger le fasse.

— S'il vous plaît, supplia Mina. Je ne voulais pas manquer de respect. Ne vous battez pas à cause de moi. Je m'en vais maintenant.

— Tu n'iras nulle part avant que je ne t'aie défoncé le visage ! cria Thais.

— Va te calmer ailleurs, dit l'homme.

— Personne ne me dit ce que je dois faire !

Thais bondit en avant, et les deux s'affrontèrent. Ils tombèrent au sol et se battirent, se frappant et roulant. Mina regardait, horrifiée. Thais prit le dessus, immobilisant les bras de l'homme avec ses genoux. Juste au moment où elle allait frapper l'homme au visage, le Capitaine Eduard accourut, enfonçant son genou droit dans le côté de la tête de Thais. Son visage se crispa de confusion et elle s'effondra avec un gémissement.

— Avez-vous si vite oublié votre serment ? demanda le Capitaine Eduard. Nous sommes une fraternité avec la même cause. Personne ici n'est votre ennemi. Vous feriez bien de vous en souvenir.

Le capitaine fit une pause, regardant de Thais à l'homme.

— Je pense que cinq coups de fouet pour chacun de vous seront un rappel approprié. Présentez-vous à moi après le dîner. Je m'occuperai de vous à ce moment-là.

Le Capitaine Eduard s'éloigna d'un pas vif, lançant un regard noir en direction de Mina. Il aurait pu la punir aussi, avec l'approbation de Klodian, mais Mina devina qu'il ne pensait pas que cela en valait la peine. Mina était peut-être une esclave, mais elle était précieuse.

Thais se releva lentement et s'éloigna en titubant. L'homme attendit qu'elle soit partie, puis il s'assit et sourit à Mina.

— Désolé pour elle, dit-il. Je ne l'ai rencontrée qu'aujourd'hui. Elle a un peu de caractère.

Mina avait été surprise avant, mais maintenant doublement. Non seulement un étranger l'avait aidée, mais il s'était battu contre un autre Runesman pour le faire. Si la journée devenait encore plus étrange, elle devrait supposer qu'elle rêvait.

— Non, c'est à moi de m'excuser, répondit Mina. Je ne devrais pas traîner dehors comme ça.

— N'importe quoi. L'homme se leva et essuya un filet de sang sur ses lèvres du revers de la main. Je m'appelle Caden. Et vous ?

— Mina.

Les sourcils de Caden se levèrent légèrement. — La chercheuse de fortune de Lord Klodian ? Il jeta un bref coup d'œil à ses jambes, et Mina savait ce qu'il cherchait.

— En effet, répondit-elle sèchement.

— Je m'excuse, ça sonnait moins grossier dans ma tête.

— Ne vous en faites pas. J'y suis habituée.

Caden la dépassait d'une bonne trentaine de centimètres. Il était bien bâti et rasé de près, avec des cheveux bruns courts et des yeux verts. Malgré la saleté et la crasse, Mina le trouvait plutôt séduisant. Le silence s'étira jusqu'à devenir gênant, et Caden s'éclaircit la gorge.

— Je ne veux pas partir du mauvais pied, dit-il. Je suis désolé si je vous ai offensée. Ce n'était pas mon intention.

Son ton était sincère, mais Mina ne lui faisait pas confiance. C'était un étranger, et malgré ses actions pour la défendre, elle ne baisserait pas sa garde, peu importe à quel point il était beau.

— Tout est pardonné, dit-elle. Comme je l'ai dit, j'y suis habituée.

Elle serrait fermement sa corne de dragon, se sentant mal à l'aise. C'était en partie dû à son attirance pour Caden, mais elle avait aussi toujours l'impression que quelqu'un l'observait. Elle était convaincue qu'une fois à l'intérieur du château, cette sensation s'estomperait.

— Je devrais y aller.

— Voulez-vous que je vous escorte ? demanda Caden. Au cas où Thais n'aurait pas retenu la leçon ?

— Non, dit rapidement Mina. Ça ira.

Elle traversa le champ à grandes enjambées, se dirigeant vers le château. Elle sentait que ses joues étaient rouges à la façon dont elles brûlaient. Outre son malaise vis-à-vis de Caden, elle devait aussi apporter la corne de dragon dans sa chambre pour prendre les mesures nécessaires à sa conservation. Si elle attendait trop longtemps, la corne se dessécherait à cause de la chaleur du désert et pourrirait lentement de l'intérieur, devenant fragile.

Mina atteignit sa chambre et se souvenait à peine de son trajet à travers le réseau déroutant de couloirs. Klodian n'avait pas construit le château, mais il avait apporté plusieurs modifications à l'intérieur lorsqu'il avait repris le flambeau de son père, le transformant en un véritable labyrinthe.

Il avait prétendu que c'était pour faire du château une forteresse plus redoutable, mais personne n'avait jamais attaqué le Dominion de Thophate auparavant. Il se trouvait à la frontière des Longs Sables, beaucoup trop loin pour qu'une armée ennemie puisse marcher jusqu'ici, et encore moins conquérir. La chaleur elle-même empêchait la plupart des gens de venir à Thophate, et seuls les marchands et les commerçants aux poches bien garnies osaient faire le voyage.

Après avoir traité la corne, Mina se lava et changea de vêtements, puis mangea le petit repas qui lui avait été livré dans sa chambre. Tout en vaquant à ses occupations du soir, elle ne pouvait s'empêcher de penser au Runesman de tout à l'heure.

— Caden, murmura-t-elle, un sourire se dessinant sur ses lèvres.

4

Une fois la nuit tombée, après avoir reçu ses cinq coups de fouet, Caden s'allongea sur son lit de camp dans les baraquements, essayant de bouger le moins possible. Même respirer ravivait la douleur de ses blessures, mais il ne regrettait pas ses actes.

Thaïs avait eu tort de menacer Mina ou qui que ce soit d'autre d'ailleurs. Elle avait de sérieux problèmes de colère, ou peut-être quelqu'un l'avait-il profondément blessée par le passé. Quoi qu'il en soit, Caden ne savait pas comment gérer la situation avec elle. Il ne s'était jamais attendu à devoir se battre contre une femme, mais elle l'avait attaqué. Et elle l'aurait assommé si le capitaine Eduard n'était pas intervenu.

Un craquement se fit entendre, et Caden releva la tête. Les baraquements étaient plongés dans l'obscurité, mais il aperçut une ombre se déplaçant lentement dans sa direction.

— Qui est là ? chuchota-t-il.

— Ferme-la, lui répondit la voix de Thais dans un murmure.

Caden reposa sa tête et soupira. Si elle était venue pour se battre à nouveau, il savait qu'il perdrait contre elle. Elle aussi avait reçu des coups de fouet, mais il pensait qu'elle supportait la douleur avec beaucoup plus de grâce que lui. Il mit cela sur le compte d'un seuil de douleur plus élevé. Thais atteignit son lit et se tint au-dessus de lui. Son visage était caché par les ombres, mais sa posture ne semblait pas menaçante.

— Que veux-tu ? demanda Caden à voix basse.

— Je voulais m'excuser de t'avoir tabassé, répondit Thais. Je m'attendais à plus de résistance.

— Va-t'en.

Il y eut un bref moment de silence.

— Personne ne m'a jamais tenu tête comme tu l'as fait.

— C'est surprenant. Tu es une brute, Thais. Tôt ou tard, quelqu'un finit toujours par remettre les brutes à leur place.

— Je... Elle soupira. Là d'où je viens, les faibles meurent. J'ai dû apprendre à être dure et à ne faire confiance à personne parce que je ne voulais pas mourir. Tu ne comprendras peut-être pas ça, mais c'est la vérité.

Caden fixait sa silhouette dans l'ombre, réfléchissant à ses paroles. Peut-être n'était-elle pas une personne aussi terrible qu'il l'avait d'abord cru.

— Tu n'as pas à t'excuser auprès de moi, finit-il par dire. Mais tu devrais peut-être t'excuser auprès de Mina.

— La fille de tout à l'heure ?

— Oui. C'est la fille de Lord Klodian. Celle qui le guide vers ses dragons.

Thais se raidit. — Je ne savais pas. Tu crois qu'elle va me dénoncer à Lord Klodian ?

Caden sourit. Il ne pensait pas que Mina ferait ça, mais ça ne ferait pas de mal de maintenir un peu de crainte dans l'air. — C'est possible. Si tu t'excuses rapidement, elle pourrait laisser passer.

— Je lui parlerai dès demain matin.

— Bonne idée. Maintenant, est-ce que je peux essayer de dormir un peu ?

Thais grimpa sur le lit de camp avec lui et posa sa tête sur sa poitrine. Caden se figea, incertain de ce qu'elle faisait. Elle ne bougea pas et n'essaya pas de le séduire, et il finit par se détendre quand il réalisa qu'elle s'était endormie. Il décida que Thais ressemblait plus à un animal sauvage qu'il ne l'avait d'abord pensé, et il semblait qu'elle avait besoin d'un ami. Et c'était quelque chose qu'il pouvait être pour elle si elle en avait besoin. Du moins jusqu'à ce qu'il change de Dominion.

Quand il se réveilla le lendemain matin, Thais était partie. À en juger par le manque de lumière filtrant à travers les fenêtres, l'aube n'était pas encore arrivée. Caden se leva lentement et fut surpris de constater qu'il ne ressentait aucune douleur due à la punition de la veille. Il quitta le lit de camp et se dirigea vers les toilettes, où il s'aspergea le visage d'eau froide. Un petit miroir était accroché au mur, et il retira sa chemise et se tordit maladroitement pour examiner son dos.

La rune était là, un symbole d'onyx qui ressemblait à un pilier. Une paire d'yeux se trouvait entre les barres transversales de la partie supérieure, et deux épées se croisaient au centre. Les détails étaient complexes, et Caden comprit maintenant pourquoi le Marquage avait pris tant de temps. Ce qui le surprit, cependant, fut l'absence de ses blessures.

Il n'y avait aucun signe qu'il avait été fouetté, pas même de peau rougie ou gonflée. Il fixait son dos avec incrédulité. Comment était-ce possible ?

— Joli tour, hein ?

Caden se retourna brusquement pour voir Thais dans l'embrasure de la porte. — Quel tour ?

— La rune a guéri nos blessures.

— Comment ?

— Par magie, probablement. À quoi servirions-nous en tant que Runesmen si nous ne pouvions pas guérir rapidement ? Les Seigneurs des Dominions auraient du mal à maintenir leurs rangs au complet, surtout dans les Dominions qui sont constamment en guerre les uns contre les autres.

Caden jeta un dernier coup d'œil à son dos et remit sa chemise.

— Tu sembles de meilleure humeur aujourd'hui, dit-il en se tournant vers Thais.

— J'ai dormi un peu, répondit-elle en haussant les épaules. Je ne suis pas toujours une s-

Un cor retentit à l'extérieur des baraquements, coupant court à ses paroles. Le dortoir principal explosa dans un chaos alors que les gens se précipitaient hors de leurs lits, s'habillant rapidement et se ruant dans la cour. Caden et Thais suivirent précipitamment leurs camarades.

Le capitaine Eduard se tenait debout, les bras croisés dans le dos. Au lieu de sa cotte de mailles et de son armure de cuir, il portait un pantalon noir et une chemise marron. Une cape couleur olive drapait ses épaules, attachée au cou. À sa taille était ceinte une épée au pommeau noir orné d'une grosse pierre transparente. Une fois que tout le monde se fut aligné, le capitaine Eduard s'éclaircit la gorge.

— Quel est le but d'un Runesman ? demanda-t-il.

— Protéger le Dominion et son seigneur, cria quelqu'un.

— Correct, du moins en surface. Si vous creusez un peu plus profond, que trouvez-vous ?

Le silence accueillit sa question, et il balaya la ligne du regard.

— Je ne m'attendais pas à ce que l'un d'entre vous le sache déjà, mais j'espère toujours une surprise. Nous sommes une fraternité comme nulle autre. Sommes-nous des soldats ? Oui, mais nous sommes plus que cela. On nous a fait un don que beaucoup ne recevront jamais. Avoir cette rune sur votre corps n'est pas seulement un signe de qui vous servez. C'est un honneur que vous défendez.

« Savez-vous pourquoi Lord Klodian m'a fait capitaine de ses Runesmen ? Pas simplement parce que je lui ai prouvé ma valeur d'innombrables fois. C'est parce que je sais ce que signifie être un guerrier. Et je vais vous apprendre à être des guerriers.

Thais leva la main.

— Oui ? demanda le capitaine Eduard.

— Nous sommes déjà des guerriers, non ? Nous sommes ici pour tuer, et je suis sûre que n'importe lequel d'entre nous peut le faire.

— Il y a plus dans le fait d'être un guerrier que de tuer quelqu'un. La guerre sans but n'est que brutalité. Nous ne sommes pas des tyrans. Si c'est pour cela que vous êtes ici, vous pouvez partir maintenant. Écoutez attentivement, vous tous. Votre première leçon est celle-ci : le courage, par-dessus tout, est la première qualité d'un guerrier. Il faut du courage pour faire ce qui est juste, surtout face à l'adversité.

— À partir de demain, vous vous lèverez avant l'aube et ferez dix tours du château en courant. Le cor qui vous a réveillés ce matin retentira chaque jour à la même heure. Je vous conseille de ne pas l'ignorer, à moins que vous n'aimiez être punis. Après votre course matinale, vous pourrez entrer dans le château pour le petit-déjeuner. Vous mangerez, puis vous reviendrez ici pour votre entraînement. Y a-t-il des questions ?

Caden jeta un coup d'œil le long de la ligne, mais personne ne parla.

— Bien. Commencez à courir. Dix tours, tout autour. Si vous ne terminez pas, vous ne mangez pas.

Caden ne perdit pas de temps. Il quitta la ligne et s'élança, courant à un rythme soutenu. Il veilla à ne pas trop se pousser, craignant que s'il était forcé de marcher ne serait-ce qu'un instant, il serait à nouveau fouetté. Quelques personnes le dépassèrent en sprint, mais il les ignora et se concentra sur le maintien d'une foulée régulière. Thais finit par le rejoindre, calquant ses pas et courant à ses côtés.

Il n'en était pas sûr, mais il soupçonnait qu'elle l'aimait bien.

5

Enfant, les parents de Mina ne lui avaient jamais appris à lire. Avec le recul, elle supposait que c'était parce qu'ils ne savaient pas le faire eux-mêmes. Après tout, ils étaient fermiers et n'avaient pas besoin de tels privilèges.

Elle fixait le dos des livres tout en époussetant les étagères sur lesquelles ils reposaient, se demandant ce que les lettres épelaient. Les couleurs des livres variaient du noir au bleu marine en passant par le vert, et ils étaient tous en parfait état. C'était le bureau privé de Lord Klodian, et il n'exigeait que le meilleur.

Mina s'arrêta dans son travail lorsqu'elle aperçut un livre aux lettres dorées. Elle regarda autour d'elle, s'assurant qu'elle était seule, et sortit le livre. Il avait un certain poids, et elle l'ouvrit, feuilletant distraitement les pages. Une écriture fluide remplissait chaque centimètre d'espace sur le parchemin. Mina fut déçue de constater qu'il n'y avait pas d'images.

Le bruit de pas approchants la fit sursauter et elle remit rapidement le livre en place avant de continuer à épousseter.

— Où est donc passée cette maudite fille ? C'était Lord Klodian. — Fille !

Mina se précipita vers la porte ouverte, l'atteignant juste au moment où Klodian apparaissait.

— Je suis là, mon Seigneur.

— Où étais-tu ? J'ai fouillé tout le château à ta recherche.

— J'accomplissais mes tâches, comme vous me l'avez ordonné.

— Peu importe. Tu viens avec moi.

— Maintenant, mon Seigneur ? demanda Mina.

— Oui, maintenant. Ne traîne pas, fille. Nous n'avons pas beaucoup de temps.

Klodian fit volte-face et se hâta dans le couloir. Mina le suivit, les yeux écarquillés de terreur. Elle ne l'avait jamais vu aussi pressé. Tandis qu'elle essayait de le suivre, elle cherchait du regard un endroit où laisser son plumeau. Une servante sortit de l'une des pièces et s'arrêta, inclinant la tête au passage de Klodian.

— Tiens, dit Mina en lui tendant le plumeau, souriant devant la confusion de la fille.

Klodian se hâtait à travers les couloirs d'un pas assuré, ne s'arrêtant jamais comme Mina le faisait habituellement. Il avait conçu ce labyrinthe de couloirs, elle n'était donc pas surprise qu'il sache exactement où il allait. Ils sortirent du château et furent immédiatement accueillis par le Capitaine Eduard dans la cour.

— Les Runesmens sont-ils prêts ? demanda Klodian.

— Oui, hésita Eduard. Vous ne m'avez pas laissé beaucoup de temps pour me préparer, alors je vais devoir utiliser certaines des recrues. La plupart des hommes expérimentés sont en patrouille le long de la frontière. Nous sommes prêts à suivre vos ordres.

— Très bien. Je ne laisserai pas passer cela, quoi qu'il en coûte.

Mina ne comprenait pas de quoi il parlait, mais elle savait que cela devait être important s'il emmenait des Runesmens avec lui. Le Capitaine Eduard s'inclina et partit en direction des baraquements. Klodian continua d'avancer et Mina aperçut un carrosse devant eux. Les chevaux piaffaient nerveusement comme s'ils ressentaient l'urgence de Klodian.

— Monte, ordonna Klodian.

Mina le regarda avec surprise, mais il ne lui prêtait aucune attention. Il se dirigea vers l'avant du carrosse et parla avec le conducteur. Ne voulant pas perdre cette opportunité, Mina monta dans le carrosse et s'assit, émerveillée par l'intérieur.

Les banquettes étaient recouvertes de coussins moelleux, et les murs et le plafond étaient décorés avec élaboration de velours. Mina passa ses doigts sur le doux matériau. Mis à part le fait que tout était d'une horrible couleur dorée, elle trouvait l'expérience tout à fait extraordinaire.

Lord Klodian monta dans le carrosse et ferma la porte, puis prit place en face de Mina. Elle joignit ses mains sur ses genoux et baissa le regard, gardant les yeux fixés sur les chaussures de Klodian. Quand le carrosse ne bougea pas, Mina jeta un coup d'œil furtif à Klodian. Il regardait par la fenêtre et semblait attendre quelque chose.

Quelques instants plus tard, le visage du Capitaine Eduard apparut dans la vitre et il frappa deux fois à la porte du carrosse. Le carrosse tressauta en se mettant en mouvement, et Mina s'adossa, essayant de deviner où ils pouvaient bien aller.

— Je suppose que tu es curieuse ? demanda Klodian.

— Très, mon Seigneur.

— Nous partons en chasse, mais ce n'est pas comme les voyages habituels. Cette fois, je ne cherche pas l'or et le sport, mais le sang. Un dragon a attaqué Slia.

Le visage de Mina se plissa d'incrédulité. Un dragon avait attaqué une colonie humaine ?

— Est-ce normal ? demanda-t-elle.

Klodian renifla. — Non, fille. Je soupçonne qu'il s'agit peut-être d'un jeune qui s'est trop éloigné de chez lui.

— Les dragons sont des animaux sauvages. Ils ne sont pas capables de choses comme des représailles, n'est-ce pas ? Mina ne le pensait pas, mais elle se remémora les yeux brillants qui la fixaient depuis l'entrée de la grotte, et elle n'en était plus si sûre.

— Bien sûr que non, répondit Klodian. Mais ils sont territoriaux, comme n'importe quel autre animal. Il a probablement quitté son nid et s'est aventuré assez loin pour perdre l'odeur de ses semblables. C'est malheureux qu'il ne vivra pas assez longtemps pour apprendre de son erreur.

Cela avait du sens pour Mina. Elle se demandait quels dégâts la créature avait causés à Slia. Elle n'y était jamais allée, mais elle connaissait le nom. C'était une petite ville au sein du Dominion de Thophate, et c'était la communauté la plus proche du Château de Klodian.

Au fil du temps, Mina commença à somnoler, sursautant occasionnellement. Craignant que Klodian ne lui crie dessus, elle essaya de se frotter les yeux et d'enfoncer ses ongles dans ses paumes, mais cela ne l'aida guère à rester éveillée. Quand le carrosse s'arrêta enfin, elle n'avait aucune idée du temps qui s'était écoulé.

Klodian se leva et sortit du carrosse. Mina cligna des yeux à plusieurs reprises et le suivit. Maintenant qu'elle bougeait, elle ne se sentait plus aussi fatiguée. Le crissement de la terre signala l'approche des Runesmens. Mina protégea ses yeux de sa main droite et vit le Capitaine Eduard menant le petit contingent de soldats à cheval. Elle repéra également deux autres visages familiers. Caden et Thais.

Thais.

Mina lui lança un bref regard noir avant de se détourner. Thais était grossière. Et violente. Mina ne voulait rien avoir à faire avec cette femme. Elle alla se placer à côté de Klodian, si absorbée dans ses pensées qu'elle ne remarqua pas l'odeur de fumée dans l'air. Elle garda les yeux rivés au sol jusqu'à ce que quelques flocons de cendres grises atterrissent à ses pieds. Mina réalisa que quelque chose n'allait pas et leva la tête. Elle hoqueta.

Slia avait été détruite.

Du moins, c'est ce qu'il semblait à Mina. Tandis que Klodian avançait, il lui fit signe de le suivre. Elle obéit, contemplant avec de grands yeux la destruction autour d'elle. Les bâtiments n'étaient plus que des tas de décombres, la fumée s'élevait paresseusement dans le ciel en volutes, et il y avait une terrible odeur à peine masquée par la fumée. Mina apprendrait plus tard que c'était l'odeur de la chair brûlée.

— C'est une autre raison pour laquelle je chasse ces créatures, dit Klodian. Les dragons sont dangereux. Quand leur nombre augmente, leurs sources de nourriture se raréfient. Ils commencent à chercher des alternatives, et cela les mène généralement à nos villes.

— Je croyais que vous aviez dit qu'il s'agissait d'un jeune dragon ? Si un petit dragon peut faire ça... Mina laissa sa phrase en suspens.

— C'était mon hypothèse avant notre arrivée, mais ce n'est pas l'œuvre d'un seul dragon. Sentez-vous quelque chose ?

— Non, rien du tout.

— Je doute que les dragons soient partis bien loin. Prévenez-moi dès que vous ressentirez le moindre signe de leur présence.

— Oui, mon Seigneur.

Mina grimaça et détourna le regard en passant devant un cadavre. Il avait été gravement brûlé, et sa moitié inférieure avait complètement disparu. Elle sentit la bile lui monter à la gorge, mais elle avala sa salive, la forçant à redescendre. Klodian ne s'arrêtait pas. Il continuait à marcher à travers la ville en ruines, et Mina réalisa peu à peu qu'il cherchait quelque chose.

Ils tournèrent à gauche dans une autre rue et Klodian s'arrêta. Il semblait incertain, ce qui ne lui ressemblait pas. Mina devint soudainement méfiante. Et si les dragons étaient encore là et qu'elle ne pouvait pas les sentir ? Ils seraient tous tués, et ce serait de sa faute.

D'un autre côté, si elle mourait, au moins serait-elle enfin libre, à la fois de la laisse de Klodian et de sa malédiction. De telles pensées sombres la dérangeaient autrefois, mais maintenant... maintenant, ce n'était plus le cas. Elle ne savait pas si c'était une bonne chose.

— Votre capacité à sentir la proximité des dragons est inestimable, et pas seulement pour moi. Si les autres Seigneurs du Dominion connaissaient votre sixième sens, ils essaieraient de vous voler à moi.

Mina fronça les sourcils. Pourquoi lui disait-il cela ? Klodian grogna pour lui-même et continua à marcher. Mina se frotta la jambe, appuyant sur l'écaille sous son pantalon. Elle ne sentait la présence d'aucun dragon.

Klodian s'arrêta à nouveau après quelques pas. Il poussa quelques débris du pied et se retourna pour regarder derrière Mina. Elle jeta un coup d'œil par-dessus son épaule et vit le Capitaine Eduard et les Runesmen approcher.

— C'était la maison du Dominate, dit Klodian. Je peux voir son corps.

— Devrions-nous chercher des survivants ? demanda Eduard.

— Oui, mais faites vite. Et gardez l'œil ouvert. J'ai le sentiment que les dragons qui ont fait ça sont encore dans les parages.

Eduard répartit les Runesmen en groupes de deux et les envoya dans diverses directions. Mina les regarda se disperser, se tordant les mains anxieusement. Elle voulait aider Klodian à trouver les dragons responsables, mais l'écaille ne lui donnait rien. Il allait probablement être en colère contre elle si elle ne pouvait pas les traquer, mais que pouvait-elle faire ?

Mina.

Elle se retourna brusquement en entendant son nom, mais il n'y avait personne. Ses yeux s'écarquillèrent. Le Seigneur Klodian avait disparu.

6

Donc, Klodian avait *bien* amené Mina. Caden s'en doutait, surtout si les rumeurs d'une attaque de dragon étaient vraies. À en juger par la destruction, ces murmures étaient plus proches de la vérité qu'il ne l'aurait souhaité. Après tout, il ne s'était pas engagé comme soldat pour combattre des dragons.

— Thais et Caden, vous deux, prenez le côté nord-est de la ville. Criez si vous trouvez quelque chose.

Caden entendit à peine l'ordre du Capitaine Eduard. Il fixait Mina. Ses cheveux blonds semblaient miroiter dans la lumière du soleil, et elle se frottait la jambe. Sentait-elle les dragons à proximité ? Combattre un homme était une chose, mais un dragon... Il déglutit difficilement et tenta de rassembler son courage.

— Viens, dit Thais en le tirant par le bras.

Ils rebroussèrent chemin jusqu'à la rue principale et tournèrent à gauche, la suivant vers l'est. Caden observa les dégâts pendant qu'ils marchaient. Presque tous les bâtiments avaient été décimés. Les morts jonchaient les rues, et l'odeur de fumée était suffocante. La chaleur était toujours rude, mais avec les incendies qui brûlaient encore, c'était bien pire. De temps en temps, une légère brise se levait, lui donnant l'occasion de prendre une bouffée d'air frais.

— Je sais que les dragons sont puissants, mais est-ce vraiment l'œuvre d'un dragon ? demanda Thais. Je veux dire, il ne reste rien.

— Lord Klodian pense qu'il y en avait plus d'un, et je suis d'accord. Comment une ville entière aurait-elle pu être détruite en si peu de temps autrement ? Il a forcément fallu plusieurs dragons.

— Je suppose que tu as raison. J'espère juste que ces bêtes ne sont plus dans les parages.

Caden l'espérait aussi, mais il ne le dit pas. Ils arrivèrent à une bifurcation. La voie principale continuait tout droit, et une rue secondaire partait en angle vers le nord.

— On devrait se séparer, dit Thais. On couvrira plus de terrain comme ça. En plus, je n'aime pas l'impression que me donne cet endroit.

— Je ne sais pas si c'est une bonne idée. Le Capitaine Eduard nous a assignés en groupes pour une raison. Et si quelque chose t'arrivait ?

Thais lui lança un sourire narquois. — Ton inquiétude me touche, vraiment, mais je suis une grande fille. Je peux me débrouiller toute seule.

— Ce n'est pas ce que je voulais dire, grogna Caden.

— Mais bien sûr. Je vais prendre la rue secondaire. Toi, continue tout droit. Si les routes ne se rejoignent pas à un moment donné, on se retrouve ici.

Caden regarda en arrière, incertain. — D'accord, marmonna-t-il.

— À tout à l'heure.

Thais partit, et Caden la regarda s'éloigner. Il essaya de ne pas la fixer, mais il trouvait cela difficile. Elle était belle, il ne pouvait le nier, mais il y avait quelque chose chez Mina qui captivait plus que ses yeux. Il connaissait à peine la jeune fille, certes, mais son attirance était plus que physique. Il n'arrivait tout simplement pas à mettre le doigt dessus.

— Concentre-toi, se réprimanda-t-il.

Il continua le long de la rue principale, à l'écoute de tout bruit autre que le sifflement occasionnel du vent à travers les décombres. Il devait y avoir des survivants, même s'ils n'étaient que quelques-uns. Caden s'arrêtait ici et là pour fouiller les débris, mais tout ce qu'il trouvait était la mort. Des corps, à la fois brûlés et mutilés, étaient enterrés partout. La puanteur lui piquait les narines et il vomit. Il s'était déjà battu auparavant et avait même tué, mais c'était quelque chose de complètement différent.

Caden cracha plusieurs fois pour se nettoyer la bouche, puis s'essuya les lèvres avec le dos de la main. Sa gorge brûlait, mais il avait laissé sa gourde sur la selle de son cheval. Ce n'était pas la première fois qu'il avait besoin d'eau et s'en passait, et ce ne serait pas la dernière. Il continua à marcher et essaya de ne pas respirer par le nez.

La rue se terminait, bifurquant à gauche et à droite. Des pierres et du bois provenant d'un bâtiment effondré bloquaient le passage à droite, alors il alla à gauche. À en juger par la direction, Caden supposait qu'il retrouverait Thais sur cette route. Un bruit de grattement attira son attention, et il grimpa sur des décombres du côté gauche de la rue.

Il souleva une grande poutre en bois et la déplaça sur le côté, dégageant l'entrée d'un bâtiment. Il passa la tête à l'intérieur et regarda autour, mais il ne semblait y avoir personne. Le bruit continuait, et il finit par repérer un rat. Il était coincé sous des débris, ses griffes grattant alors qu'il essayait de se libérer. Caden était sur le point de faire l'effort de sauver la petite créature, mais il vit alors les blessures qu'elle avait subies.

— Pauvre bête, murmura Caden.

Le rat allait bientôt succomber à ses blessures, alors il fit la seule chose qu'il savait faire. Il abrégea les souffrances du rat en appuyant sur les débris. Il poussa un petit cri et mourut. Caden essuya la sueur de son front et grimpa au sommet des décombres, cherchant Thais du regard. Il pouvait voir certains des autres Runesmen au loin, mais aucun signe de sa partenaire volatile.

Une sensation de picotement commença dans son cou, se propageant rapidement le long de ses épaules et de sa colonne vertébrale. Caden leva les yeux vers le ciel, craignant que cela ait quelque chose à voir avec un dragon. Il ne vit rien d'autre que le soleil aveuglant. Il se sentit soudainement faible, et ses genoux cédèrent. Il s'effondra face contre terre parmi les décombres.

— Dieux, que m'arrive-t-il ?

Ses muscles semblaient être de la gelée et refusaient de bouger. Après quelques instants de panique, il réalisa que Lord Klodian avait activé la magie des runes. Était-ce ce qu'il ressentirait tout le temps ? Il espérait que non. Cela le rendait inutile. Comment pourrait-il accomplir son devoir et protéger le Dominion et son seigneur si, au moment où sa force était empruntée, il tombait comme un sac de pommes de terre ?

Alors qu'il gisait là, incapable de bouger, son regard erra parmi la colline de débris sous lui. À travers les pierres et le bois, il aperçut quelque chose qui brillait. C'était petit, mais ça rougeoyait comme si ça avait été surchauffé. Caden garda les yeux dessus, craignant de le perdre de vue s'il refroidissait. Sa faiblesse ne dura que quelques minutes, puis sa force revint d'un coup.

Il se mit rapidement à déplacer les débris pour tenter d'atteindre l'objet brillant. Il était enfoui sous soixante centimètres de décombres, mais il réussit à en dégager suffisamment pour pouvoir passer son bras à travers le reste et l'atteindre. Ses doigts planèrent autour, et malgré sa lueur, il ne sentait aucune chaleur s'en dégager.

Serrant les dents, Caden s'en empara. Il s'attendait à se brûler, mais l'objet était froid au toucher. Il libéra son bras et examina le curieux bibelot. Il avait un certain poids, et Caden supposa qu'il était en métal. La lueur s'estompa, révélant un motif unique de fines lignes gravées à sa surface.

Caden n'avait aucune idée de ce que c'était, mais cela semblait intéressant. Il le glissa dans sa paume et redescendit la montagne de bâtiments en ruine vers la rue. Il n'y avait toujours aucun signe de Thais, et il se demanda si elle avait fait demi-tour. Il décida de lui accorder encore quelques minutes, puis il partirait à sa recherche.

Pendant qu'il attendait, il continua à chercher des survivants. Il n'en trouva aucun, mais il tomba sur un cadavre carbonisé et y plongea accidentellement la main en soulevant une grande pierre. Il sentit sa gorge se serrer et eut un haut-le-cœur, mais il n'avait rien à vomir. Il était en sueur et avait chaud, et sa patience avait depuis longtemps disparu.

— Thais ! cria-t-il. Où es-tu ?

Il n'y eut aucune réponse. Caden grogna de frustration et parcourut la rue d'un pas furieux, jurant à voix basse. Si elle avait fait demi-tour...

Un cri l'arrêta net. Selon son estimation, il provenait de l'ouest, et c'était le cri d'une femme. Il sprinta en direction du son.

7

Mina poussa un cri.

Elle ne l'avait pas fait exprès, mais quand Thais apparut soudainement au détour du chemin, cela l'avait surprise. Que faisait-elle ici ? Elle était censée chercher des survivants. Mina la regarda avec méfiance.

— N'approche pas, la prévint-elle.

Thais s'arrêta où elle était, un sourire désarmant sur le visage.

— Tu t'appelles Mina, c'est ça ?

Mina recula d'un pas, le cœur battant la chamade. Thais l'avait menacée de la frapper la veille, et personne n'était là pour l'empêcher de mettre ses menaces à exécution.

— S'il te plaît, ne t'enfuis pas, dit Thais. Je ne vais pas te faire de mal.

— Pourquoi devrais-je te croire ?

— C'est évident que tu ne me crois pas. Je ne te blâme pas. D'où je viens, faire confiance à quelqu'un peut te coûter la vie. Alors, je ne vais pas essayer de te convaincre de me faire confiance. Tu ne devrais pas. Mais au moins, écoute-moi.

Mina jeta un coup d'œil par-dessus son épaule, repérant le chemin qu'elle emprunterait si elle devait fuir. Elle reporta son attention sur Thais et tenta de calmer ses nerfs.

— Qu'est-ce que tu veux me dire ?

— Je veux m'excuser. Je sais que je peux être un peu... Thais fit un geste de la main comme si elle cherchait le mot juste.

— Grossière ? proposa Mina.

— J'allais dire impétueuse, mais ça marche aussi.

Mina fixa Thais intensément. La femme était belle. Ses cheveux longs et noirs étaient tressés en de multiples nattes qui descendaient au-delà de ses épaules. Elle n'était pas beaucoup plus grande que Mina, mais elle était légèrement plus épaisse à cause de sa silhouette musclée. Ses yeux d'un bleu perçant brûlaient d'un feu qui semblait inextinguible. Le teint hâlé de sa peau révélait son ascendance maritime, une lignée autrefois belliqueuse et impitoyable avant que le Haut Prince ne les ait soumis à sa volonté.

— Pourquoi t'excuserais-tu auprès de moi ? Je ne suis personne.

— Tu es la chercheuse de dragons de Lord Klodian. Je ne pense guère que ce soit la position d'un nobody.

Thais ne savait rien d'elle, ni de la façon dont Klodian la traitait. Personne ne le savait vraiment. Peut-être que les autres ne la voyaient pas comme une esclave, mais Mina n'était pas dupe. Elle savait quel était son rôle dans la vie, qu'elle l'aime ou non.

— Alors que tu es liée par un serment volontaire, je suis liée contre ma volonté, répondit Mina. Je ne suis rien de plus qu'un objet acheté.

Thais secoua la tête.

— Tu es plus que ça. Ne crois pas que ta valeur est liée à ta place dans la vie. Nous avons tous de la valeur aux yeux d'Hermóðr.

Mina était surprise que Thais se soit excusée, mais plus encore qu'elle se montre gentille avec elle. Elle était tentée de baisser sa garde, mais elle savait que ce n'était pas une bonne idée. Thais la prenait pour une idiote. Très bien. Mina jouerait le jeu. Pour l'instant.

— Si je te pardonne, tu arrêteras de me parler ?

— Si c'est ce que tu veux, alors oui.

— Je te pardonne, dit Mina.

— Bien. Alors nous sommes à égalité maintenant.

Avant que Mina ne puisse dire à Thais de partir, Caden surgit dans leur champ de vision. Il s'arrêta net, regardant tour à tour Thais et Mina avec une expression confuse.

— Que se passe-t-il ? demanda-t-il. J'ai entendu un cri.

— C'était elle, dit Thais en désignant Mina. Je l'ai surprise.

— C'est vrai, répondit Mina. Je cherchais Lord Klodian et je ne l'ai pas vue.

— Lord Klodian a disparu ? demanda Caden.

— Je n'arrive pas à le trouver, mais ça ne veut pas dire qu'il est perdu. Je suppose qu'il cherche les dragons.

— Ils sont toujours là ? Le visage de Caden pâlit légèrement.

— Je ne pense pas, répondit Mina. Je n'en sens aucun à proximité, mais Lord Klodian peut être... obstiné parfois. Comme je l'ai dit, je ne fais que supposer que c'est ce qu'il fait.

— Il a utilisé la rune de force il y a quelques instants, dit Thais en jetant un coup d'œil à Caden. Il hocha la tête.

— Peut-être qu'il soulevait quelque chose de lourd, suggéra Mina.

— Ou peut-être que ta petite capacité ne fonctionne pas, rétorqua Thais. Comment ça marche, d'ailleurs ?

Mina sentit ses joues rougir. Elle n'aimait pas attirer l'attention. Heureusement, Caden détourna la conversation.

— Nous n'avons pas le temps de discuter de ça. Nous devons nous assurer qu'il va bien. C'est notre devoir. Où l'as-tu vu pour la dernière fois ?

— Là-bas, répondit Mina en montrant l'endroit où il se trouvait. Il était là un instant, et disparu l'instant d'après.

— Tu n'as rien vu ni entendu ?

Mina secoua la tête. Elle ne croyait pas que la voix qu'elle avait entendue était réelle, et elle ne voulait certainement en parler à personne, même si c'était le cas.

Caden fronça les sourcils et se dirigea vers l'endroit que Mina avait indiqué. Il s'agenouilla et remua la terre avec ses doigts, se déplaçant maladroitement sur le sol comme une sorte de crabe. Mina jeta un coup d'œil à Thais pour voir si elle était tout aussi intriguée par ses actions. La femme regardait Caden avec un sourire amusé, mais il y avait quelque chose d'autre dans son regard qui indiquait à Mina qu'elle l'appréciait.

Une pointe de jalousie traversa Mina. Elle ne savait pas pourquoi elle ressentait cela. Elle ne l'aimait pas, pas de *cette* façon. Du moins, elle ne le pensait pas. Il avait été gentil avec elle en la défendant, mais cela ne signifiait rien... n'est-ce pas ?

— J'ai trouvé ses traces, dit Caden. Il est allé par là.

Caden se leva et quitta la rue, escaladant les décombres et disparaissant derrière un bâtiment en ruine. Thais se précipita à sa suite, laissant Mina se demander si elle devait les suivre. Elle décida qu'elle ne voulait pas rester seule et courut pour les rattraper, manquant presque de se tordre la cheville en essayant de garder l'équilibre sur les débris.

Alors qu'elle tournait au coin du bâtiment en ruine, une étrange sensation l'envahit. Elle s'arrêta, touchant l'écaille sur sa jambe. La sensation était différente de ce qu'elle ressentait habituellement quand un dragon était proche, mais elle venait définitivement de l'écaille.

Caden cherchait devant, mais Thais avait emprunté un autre chemin. Mina les observait en essayant de s'orienter, quand une vague de nausée la fit se plier en deux. Elle se cramponna l'estomac et serra les dents, se recroquevillant en boule sur le sol. Sa bouche s'ouvrit, mais rien n'en sortit à part un halètement.

— À l'aide, réussit-elle à dire, mais c'était à peine plus qu'un murmure.

L'air devant elle semblait onduler comme la surface d'un étang troublée par quelque chose. Elle lutta contre le malaise et tendit la main vers ce phénomène. Sa nausée s'intensifia et elle recula, hurlant intérieurement tandis que des larmes s'échappaient de ses yeux.

Dieux, faites que ça s'arrête !

Mina resta là, tremblante, se tenant elle-même. Finalement, la sensation s'estompa, la laissant faible et fatiguée. Une fois ses forces revenues, elle se redressa et écarta ses cheveux de ses yeux. L'air ne tremblait plus. Elle toucha sa jambe. Rien n'émanait de l'écaille. Était-ce la présence d'un dragon ? Si oui, il devait être vraiment puissant pour avoir un tel effet sur elle.

La peur l'envahit. Si c'était un dragon, alors Klodian était peut-être mort. Mina se releva précipitamment, s'appuyant momentanément contre les décombres. Elle devait le retrouver. S'il avait été tué, alors sa malédiction ne serait jamais levée.

— Par ici ! cria Caden. Je l'ai trouvé !

8

Caden s'agenouilla auprès de la forme inanimée de Lord Klodian.

Sa poitrine se soulevait au rythme de sa respiration, et Caden poussa un soupir de soulagement. Au début, il avait craint que son seigneur ne soit mort. Un rapide coup d'œil aux alentours ne révéla pas grand-chose. Tout n'était qu'un amas de décombres, comme le reste de la ville, et rien n'indiquait qu'une force maléfique ait pu causer l'évanouissement de Klodian.

Pourtant, l'homme n'était pas allongé par terre sans raison. Caden garda sa main sur la poignée de son épée, juste au cas où, bien qu'il ne sût pas ce qu'il pourrait faire contre un dragon. Thais le rejoignit en premier. Ses yeux s'écarquillèrent de surprise.

— Il est vivant, mais je ne suis pas sûr de ce qui s'est passé. Je l'ai trouvé ici comme ça.

— Si un dragon l'avait attaqué, il ne resterait rien, dit Thais.

— C'est exactement ce que je pensais. Mais ça ne veut pas dire que nous sommes hors de danger. Va chercher le Capitaine Eduard. Nous devons mettre Lord Klodian en sécurité.

— Je n'aime pas qu'on me dise quoi faire, mais je ferai une exception cette fois. La prochaine fois, j'espère bien entendre le mot « s'il te plaît ».

Thais lui lança un sourire et s'éloigna en courant. Un instant plus tard, Mina s'approcha avec prudence. Elle était pâle et semblait sur le point de s'évanouir.

— Est-ce qu'il est...

— Non, il va bien. Pour l'instant, du moins. Thais est partie chercher de l'aide. Tu vas bien ? Tu as l'air malade.

— Ce n'est rien, répondit Mina.

Il était évident qu'elle mentait, mais Caden décida de ne pas insister. Il hocha la tête et souleva la visière du heaume de Klodian. Ses paupières étaient ouvertes, mais on ne voyait que le blanc de ses yeux. Caden lui retira délicatement le heaume et le posa à côté.

— S'est-il déjà évanoui auparavant ? Peut-être quand il utilise la magie des runes ?

— Non, jamais.

Mina semblait nerveuse, ce qui le déconcertait. Il se demandait pourquoi elle s'inquiétait tant pour Klodian. S'il mourait, elle ne serait plus une esclave. Elle n'aurait plus de toit non plus, mais pour Caden, la liberté semblait plus importante que des choses comme la nourriture et le logement. Mina vacilla et cligna des yeux avec lassitude.

— Tu devrais probablement t'asseoir, dit Caden. Tu n'as pas l'air bien.

— Je vais bien. Concentre-toi juste sur Lord Klodian.

Ils restèrent tous deux silencieux. Le temps s'écoula, semblant durer indéfiniment jusqu'à ce que le bruit de plusieurs personnes qui approchaient rompe le calme. Thais était revenue, accompagnée du Capitaine Eduard et de quelques autres Runesmens.

— Que s'est-il passé ? demanda Eduard.

— Je ne suis pas sûr. Il était déjà à terre quand je l'ai trouvé.

Eduard fit signe aux autres Runesmens.
— Trouvez quelque chose de stable pour le transporter. Nous allons le porter hors d'ici et le faire examiner par les médecins au château.

En peu de temps, on apporta un morceau de bois plat et fin sur lequel ils soulevèrent Lord Klodian, l'utilisant comme une civière de fortune. Eduard ordonna à tout le monde de saisir un côté, et ensemble, ils le soulevèrent du sol et commencèrent à naviguer lentement à travers les décombres. Caden jeta un coup d'œil par-dessus son épaule à Mina.

Elle les suivait, mais semblait avoir du mal. Caden était obligé de se concentrer principalement sur Klodian, notamment pour maintenir son extrémité de la planche suffisamment haute sans trébucher, mais il vérifiait constamment l'état de Mina à chaque pause.

Alors qu'ils atteignaient la rue, Caden entendit un gémissement et se retourna juste à temps pour voir Mina trébucher et tomber. Elle heurta le sol violemment et ne bougea plus.

— Capitaine ! La fille !

Eduard ordonna l'arrêt et s'approcha d'elle, mais ne fit aucun geste pour l'aider. Il resta debout au-dessus d'elle en silence pendant un moment, puis se tourna vers Caden.

— Nous reviendrons la chercher.

Caden fronça les sourcils. — Monsieur ?

— Le bien-être de Lord Klodian est plus important que le sien. Après nous être occupés de lui, nous pourrons nous soucier d'elle.

— Je suis désolé, monsieur, mais je ne pense pas que Lord Klodian approuverait. Eduard lui lança un regard dur. — Elle est la clé de sa richesse. Si nous la laissions ici, je n'aimerais pas voir la punition qu'il infligerait au responsable.

Caden perçut un léger changement dans le comportement d'Eduard. C'était subtil, mais c'était là.

— Bon point, Runesman. Tu peux la porter.

Eduard passa devant Caden et ordonna aux autres de continuer. Caden espérait ne pas avoir dépassé les bornes avec le capitaine, mais il ne pouvait pas en toute conscience laisser quelqu'un mourir. Et il savait qu'il n'avait pas tort. Si Klodian apprenait qu'ils avaient intentionnellement abandonné Mina, il les fouetterait probablement tous.

Caden souleva Mina dans ses bras et la jeta sur son épaule, puis se dépêcha de rattraper les autres. Ils traversèrent péniblement la ville en ruine pour retourner là où le carrosse et leurs montures attendaient. Le désert était toujours un endroit calme, mais Caden trouvait le silence de Slia inquiétant.

Il atteignit le carrosse juste au moment où Lord Klodian y était placé. Le Capitaine

Eduard lui adressa un signe de tête en sortant, ce qui laissa penser à Caden qu'il n'avait pas complètement fait d'erreur.

— Mets la fille là-dedans et voyage avec eux. Je ne peux pas être à deux endroits à la fois, alors garde un œil sur Lord Klodian. S'il se passe quoi que ce soit, frappe deux fois sur la paroi avant. Le cocher s'arrêtera et je saurai qu'il y a un problème.

Caden n'était pas sûr si son affectation était une punition ou une récompense. Ça ne le dérangeait pas de voyager à l'ombre fraîche, mais il ne voulait pas non plus que les autres Runesmens pensent qu'il avait été élevé au-dessus d'eux sans mérite. Peut-être qu'il réfléchissait trop, mais il savait à quel point les gens pouvaient être mesquins.

— Oui, monsieur.

Eduard attendit que Caden soit entré dans le carrosse, puis il ferma la porte et commença à crier des ordres. Lord Klodian était allongé d'un côté du carrosse, étendu sur la banquette rembourrée. Caden plaça Mina de l'autre côté, dans la même position, et se tint au centre. Le carrosse se mit en mouvement et il s'accrocha au mur pour garder l'équilibre.

Son regard passait de Lord Klodian à Mina, s'assurant qu'ils respiraient normalement. Mis à part son état d'inconscience, Lord Klodian ne semblait pas avoir subi de blessures. C'était un mystère, mais un que les médecins résoudraient, espérait-il. Après un long moment, les yeux de Mina s'ouvrirent lentement.

— Comment te sens-tu ? demanda-t-il.

Elle le regarda avec une expression pensive sur le visage et s'assit lentement, serrant ses genoux contre sa poitrine.

— Je me sens mieux, répondit-elle.

— Tu m'as fait peur tout à l'heure. Je suis content que tu ailles bien.

Les joues de Mina rougirent, mais elle ne dit rien. Ils roulèrent en silence, veillant tous deux sur Lord Klodian. Finalement, Mina relâcha ses jambes et les laissa pendre du banc. C'est alors que Caden aperçut un éclat cuivré. Elle avait dû déchirer son pantalon en tombant. Mina suivit son regard et ses yeux s'élargirent. Elle essaya de couvrir l'écaille avec ses mains, jurant à voix basse.

— Ça ne me dérange pas, dit Caden.

— Peut-être pas toi, mais moi si. Je déteste cette chose maudite.

— Certains y verraient une bénédiction plutôt qu'une malédiction.

— Et ces gens-là auraient tort, rétorqua Mina. Personne ne sait ce que c'est que de sentir la présence de ces créatures dans son esprit. Je ne le souhaiterais même pas à mon pire ennemi.

En l'écoutant, Caden se demanda s'il aurait la force de supporter quelque chose comme ça. C'était inédit. Un humain capable de sentir les dragons. Il avait entendu les chuchotements à son sujet. Certains l'appelaient sorcière, d'autres une progéniture démoniaque. Ils avaient tous tort, il le savait. Elle était juste différente, et les gens avaient du mal à comprendre cela.

— Es-tu née à la cour de Klodan ? demanda Caden.

— Non. Mes parents m'ont vendue à lui quand j'étais jeune.

— Ils t'ont *vendue* ? Ce n'est pas illégal ?

Mina ricana. — Beaucoup de choses sont illégales, mais ça n'arrête personne.

— Je sais, c'est juste que... ta propre famille t'a vendue. Je n'arrive pas à croire que quelqu'un puisse faire ça.

— Je blâme cette stupide écaille. Et le dragon à qui elle appartient. C'est pour ça que je l'aide, tu sais.

— Pourquoi ?

— Pour débarrasser le monde de ces bêtes. Les dragons sont des animaux sans cervelle, bons à rien d'autre qu'à leurs trésors. Lord

Klodian s'enrichit, et j'obtiens un peu de vengeance à chaque fois qu'on en tue un.

Caden fut surpris par la haine qu'elle nourrissait. Elle semblait être une femme si douce, et pourtant, en parlant, il pouvait entendre la rage débridée qui brûlait dans sa voix. Elle ne se contentait pas de ne pas aimer les dragons, elle les méprisait.

— Comment est-ce arrivé ? demanda Caden.

Mina le fixa du regard, et il pensa l'avoir offensée. Il était sur le point de s'excuser quand elle répondit.

— Je suis tombée dans le nid d'un dragon. Alors que je jouais dans les collines, j'ai marché sur un endroit fragile et il s'est effondré. Le nid était abandonné, dieu merci, mais ils avaient laissé un grand tas d'écailles jetées. Je suis tombée dessus et voilà ma récompense.

Elle retira ses mains de sa jambe et Caden put mieux la voir. C'était une couleur cuivre profond et de forme pentagonale. Les deux côtés étaient plus longs, tandis que les bords supérieur et inférieur étaient plus courts en diamètre. Elle épousait parfaitement la courbe de sa cuisse, ce que Caden trouva intrigant. Il avait supposé que l'écaille dépasserait de sa peau, mais étant donné qu'elle portait des vêtements normaux, il réalisa que c'était une supposition stupide.

— Tes parents ont-ils essayé de l'enlever ?

— Ils ont essayé. Et les médecins locaux aussi. L'écaille a fusionné avec ma chair d'une manière ou d'une autre et... est devenue une partie de moi. On a dit à mes parents que la seule option était d'amputer ma jambe. Ils auraient probablement opté pour cette solution si ce n'était pour l'autre chose.

— Que veux-tu dire ?

— La capacité à sentir les dragons. Je ne savais pas que c'était ça jusqu'à ce que je suive l'attraction. J'ai conduit mes parents à un repaire de dragons et j'ai failli nous faire tous tuer. Je pense que c'est à ce moment-là qu'ils ont réalisé que je n'étais pas seulement difforme. J'étais maudite. Lord Klodian a entendu les rumeurs à mon sujet et mes parents m'ont vendue à lui. Il n'y a pas grand-chose d'autre à dire.

Caden s'assit sur le banc à côté d'elle et essaya de comprendre comment des parents pouvaient vendre leur propre chair et leur propre sang. Lorsqu'ils revinrent au château, il n'avait toujours pas de réponse.

9

Mina ne retrouva pas toutes ses forces avant la tombée de la nuit.

Le chaos qui avait envahi le château s'était enfin apaisé, bien que les serviteurs parlaient encore du flot incessant de médecins qui entraient et sortaient des appartements de Lord Klodian. Mina avait passé le reste de la journée dans son lit, mais elle n'avait pas réussi à dormir. Elle n'avait pas l'énergie de finir ses corvées, et elle doutait que quelqu'un remarque qu'elles n'étaient pas faites.

Lord Klodian le remarquerait, mais comme il était toujours inconscient, elle ne craignait pas de s'attirer ses foudres. Laissée à elle-même pour la première fois depuis longtemps, son esprit rejouait sans cesse les événements de Slia. L'étrange sensation qu'elle avait ressentie la troublait toujours. Elle provenait certainement de l'écaille, mais ce n'était pas comme les dragons qu'elle avait sentis auparavant.

— Comment te sens-tu ? La voix de Vhan interrompit ses réflexions et elle se retourna pour le regarder.

— Mieux, répondit-elle.

— C'est bien.

— Qu'en est-il de Lord Klodian ?

— Rien à signaler pour l'instant. Les médecins semblent tous perplexes. Il n'a subi aucune blessure visible, mais ils n'arrivent pas à expliquer pourquoi il ne s'est pas encore réveillé. Malgré cela, ils semblent s'accorder pour dire qu'il devrait s'en sortir. Ils disent qu'il faudra peut-être du temps pour qu'il sorte de l'état dans lequel il se trouve.

Mina n'était pas sûre que ces vieux hommes sachent de quoi ils parlaient. S'il n'y avait pas de blessures et qu'il ne s'était pas encore réveillé, quelque chose n'allait pas. Cependant, elle ne pouvait rien y faire, alors elle essaya de ne pas penser à ce qui arriverait si Klodian mourait.

— Tu as faim ? Vhan changea de sujet. Le dîner est presque prêt. Si tu ne penses pas pouvoir aller jusqu'à la salle à manger, je peux t'apporter quelque chose.

— J'apprécie l'offre, mais je pense que je peux y arriver, dit Mina.

Elle avait faim et se sentait à nouveau elle-même, alors elle se leva et enfila ses chaussures usées. Elle attendait d'avoir assez d'argent pour acheter une nouvelle paire de bottes solides, mais comme Klodian ne la payait pas, cela prenait beaucoup de temps pour rassembler les pièces.

— Ça ne me dérangerait pas d'avoir de la compagnie si tu n'as rien d'autre à faire.

Vhan sourit. — J'ai ma soirée de libre, crois-le ou non.

— Moi aussi. C'est un peu étrange, non ?

— Vraiment étrange, acquiesça Vhan. Je ne sais presque pas quoi faire de moi-même.

Mina rit, ce qui n'était pas quelque chose qu'elle faisait souvent. Cela faisait du bien de se sentir libérée, même si cela ne durerait pas longtemps.

— Allez, je meurs de faim.

Vhan marcha à côté d'elle tandis qu'ils naviguaient dans le labyrinthe de couloirs, et ils arrivèrent à la salle à manger pour constater que les Runesmen étaient en train d'être servis. Mina ne mangeait habituellement que plus tard dans la soirée, elle fut donc surprise de voir autant de gens dans la salle en même temps. Caden et Thais étaient là aussi, discutant entre eux au bout d'une des longues tables.

Mina et Vhan rejoignirent la file de personnes qui attendaient d'être servies, et finirent par obtenir une assiette pleine de poulet fumant nappé d'une sauce au fromage et un bol de bouillon. La nourriture au château de Klodian était la seule chose dont Mina ne s'était jamais plainte. Lord Klodian ne lésinait pas quand il s'agissait de nourrir ses soldats et son personnel, et bien que Mina fût une esclave, il ne l'excluait pas.

Elle suivit Vhan jusqu'à une section vide d'une des tables et ils mangèrent en silence. La salle, cependant, n'était pas silencieuse. Les Runesmen étaient un groupe turbulent. Des bribes de conversations bruyantes parvenaient aux oreilles de Mina, et elle entendait tout, des histoires sur les origines des gens à la destruction de Slia. Le bruit était un peu écrasant, et après avoir fini son repas, elle se leva.

— Merci d'avoir mangé avec moi, dit-elle à Vhan. Je devrais probablement me reposer.

— Je t'en prie, lui sourit-il comme un idiot. Est-ce que ça veut dire que tu vas me laisser voir l'écaille ?

Mina leva les yeux au ciel. — Non.

— Ça valait le coup d'essayer, dit-il en riant, puis il haussa les épaules. Laisse ton assiette et ton bol ici. Le personnel de cuisine les ramassera.

— Tu es sûr ?

— Oui. C'est leur travail, tu sais.

— Ah, d'accord. Eh bien, bonne nuit, Vhan. À demain.

— À demain.

Mina quitta la salle à manger bruyante et retourna dans son lit. L'estomac plein, elle ne tarda pas à s'endormir. Ses rêves ne la laissèrent pas se reposer, et elle se retourna sans cesse à cause de cauchemars incessants. Elle avait l'impression de venir tout juste de se rendormir quand quelqu'un lui toucha l'épaule.

Elle ouvrit les yeux pour voir le Capitaine Eduard. Il posa son doigt sur ses lèvres et fit un geste vers le couloir. Mina se leva et le suivit, se demandant pourquoi il la convoquait. Son cœur commença à battre la chamade dans sa poitrine. Une fois dans le couloir, Eduard parla à voix basse.

— Lord Klodian veut te voir.

— Il est réveillé ?

— Oui, mais il est très faible. Je lui ai dit que ça pouvait attendre jusqu'au matin, mais il a exigé que je vienne te chercher.

— Est-ce qu'il va s'en sortir ?

— Il ira bien. Allons-y. J'aimerais dormir un *peu* cette nuit.

Le Capitaine Eduard l'escorta jusqu'à la chambre de Lord Klodian. À la porte, il s'arrêta et lui fit signe d'entrer. Elle poussa la porte et entra. Eduard la referma derrière elle, et elle entendit l'écho de ses pas qui s'éloignaient dans le couloir.

La pièce était presque sombre, mais quelques bougies étaient allumées, leurs flammes brûlant régulièrement. Elle s'avança dans la pièce et s'arrêta quand elle vit Lord Klodian. Il était assis dans son lit, le dos contre la tête de lit. Un amas d'oreillers l'entourait. Mina s'arrêta. Il semblait dormir. Elle était sur le point de faire demi-tour quand il parla.

— Assieds-toi, fille.

Sa voix n'était guère plus qu'un râle. Dans la pénombre de la pièce, c'était presque effrayant. Mina s'avança vers une chaise contre le mur, et Klodian siffla de désapprobation.

— Par ici. Sur le sol.

Elle obéit, s'asseyant sur le tapis moelleux qui recouvrait les pierres froides, serrant les dents en le faisant. Mina détestait qu'il la traite comme un chien. Elle était soulagée de voir qu'il était vivant, mais cela ne signifiait pas qu'elle se souciait de lui. Elle ne voulait que sa liberté, et malheureusement, il était la seule clé de cette porte.

— As-tu senti un dragon à Slia aujourd'hui ?

— Non, mon Seigneur. Elle hésita. Je... ne pense pas l'avoir fait.

— Intéressant. Explique-toi.

— C'est difficile à décrire, mais quand je sens un dragon, c'est très distinct. Je sais simplement que c'est ça. Aujourd'hui, j'ai ressenti quelque chose, mais ce n'était pas pareil. C'était... différent, étrange. Je ne sais pas ce que c'était, mais ça m'a rendue malade.

Lord Klodian resta silencieux pendant un long moment, et Mina se demanda s'il s'était endormi. Il bougea, levant la main pour se gratter paresseusement la joue. Elle ne l'avait jamais vu aussi vulnérable auparavant. L'idée de le tuer lui traversa l'esprit, mais elle l'écarta presque immédiatement. Elle n'était pas une meurtrière, peu importe à quel point elle pensait qu'il le méritait. Et aussi pénible que ce soit à admettre, elle avait besoin de Klodian.

— Je pense que tu as peut-être ressenti le contact de la magie, dit-il.

— Mon Seigneur ?

— Je n'ai pas bégayé, jeune fille. Quelque chose, ou quelqu'un, m'a attaqué là-bas. Je n'ai vu personne, mais c'est la seule explication que j'ai.

— Pourquoi pensez-vous que j'ai ressenti de la magie ? Seuls les Hommes-runes peuvent la sentir quand leur seigneur l'utilise, à moins que je ne me trompe ?

Lord Klodian tourna la tête vers elle.

— Il existe d'autres formes de magie dans le monde. Même toi, tu as sûrement entendu les rumeurs.

— Je les ai entendues, mon Seigneur, mais ce ne sont que cela : des rumeurs. Le Haut Prince a interdit tout sauf la magie des runes.

Klodian rit faiblement, mais sans joie.

— Le Haut Prince a interdit beaucoup de choses, mais les gens trouvent toujours des moyens de contourner la loi. Il y a des hors-la-loi qui pratiquent la magie interdite. On les appelle des mages. Leurs pouvoirs sont très différents de la magie des runes, et beaucoup plus dangereux. Je pense que l'un d'eux m'a attaqué, bien que je n'aie pas encore compris pourquoi. Peut-être était-ce une autre tentative d'assassinat ou un survivant de l'attaque du dragon. Quoi qu'il en soit, je crois que cette écaille peut t'alerter de la présence de magie.

Mina ne voulait pas y croire, mais cela avait du sens. La sensation était trop différente pour avoir été un dragon. Il n'y avait pas d'explication à son aversion pour cela, cependant. Cela l'avait rendue physiquement malade, au point qu'elle avait été inutile.

— C'est peut-être vrai, bien que j'espère désespérément que ce ne soit pas le cas.

— Bien sûr que non, dit Klodian. Tu considères déjà ton sens du dragon comme une malédiction. Si tu peux aussi sentir la magie, je suis sûr que tu détesteras cette écaille encore plus.

— Vous me connaissez trop bien, mon Seigneur.

— Pas assez bien, apparemment. Comment cela a-t-il pu échapper à mon attention, je ne comprends pas. À moins que tu ne l'aies su et me l'aies caché ?

Bien que ses mots fussent faibles et rauques, la menace voilée derrière sa question envoya un frisson le long de la colonne vertébrale de Mina.

— C'est aussi nouveau pour moi que pour vous. Je ne vous cacherais pas quelque chose comme ça, mon Seigneur.

Klodian hocha lentement la tête. — Je te crois. Dès que mes forces seront revenues, nous allons mettre ton nouveau pouvoir à l'épreuve. Il respira lourdement un moment. Laisse-moi. J'ai besoin de me reposer.

Tandis que Mina retournait à la chambre des serviteurs, un mauvais pressentiment s'insinuait dans son estomac.

10

Après le dîner, Caden et les autres Runesmen se retirèrent dans les baraquements. La nuit était tombée, et il n'y avait toujours aucune nouvelle de l'état de Lord Klodian. Caden traînait derrière ses camarades soldats, Thais à ses côtés.

Ses pensées revenaient sans cesse à l'objet étrange qu'il avait trouvé à Slia. Il l'avait caché dans la partie supérieure de sa botte droite pour ne pas le perdre, et il avait fini par descendre jusqu'à ce qu'il marche dessus. Il appuyait douloureusement contre la plante de son pied, mais il ignora la douleur et écouta Thais qui parlait.

— Que se passera-t-il si Lord Klodian ne se réveille jamais ? demanda-t-elle.

— Ne dis pas des choses comme ça, répondit Caden en lui lançant un regard noir.

— Pourquoi pas ? Tout le monde y pense. Je ne fais que le dire. Et c'est une question valable. Qui prend sa place s'il meurt ?

— Comment le saurais-je ? Je ne suis qu'un modeste subalterne comme toi. Mais si je devais deviner, je dirais que le Haut Prince nommerait quelqu'un d'autre. Lord Klodian n'est pas marié et il n'a pas d'enfants, donc il n'y a pas d'héritier pour son titre.

— C'est une supposition raisonnable. Je pensais que le suivant dans la chaîne de commandement serait promu, mais j'imagine que le titre de Seigneur du Dominion ne suit pas la même ligne de succession.

— Il y a quelque chose que je veux te montrer, dit Caden en baissant la voix.

— Qu'est-ce que c'est ?

— Retrouve-moi près de mon lit une fois les lumières éteintes.

Thais lui jeta un regard en coin, un sourire coquin se dessinant sur ses lèvres. Réalisant que ses mots pouvaient être mal interprétés, il rit et secoua la tête.

— Ce n'est rien de ce genre.

— Bien sûr. Je suis déjà tombée dans ce piège une fois ou deux, mais plus maintenant.

— Je suis sérieux. J'ai trouvé quelque chose à Slia, mais je ne sais pas ce que c'est.

— Si tu le dis. Si je te trouve déshabillé...

Thais ne termina pas sa phrase. Caden se demanda si elle serait vraiment fâchée s'il faisait ça, puis il chassa rapidement cette pensée. Il ne ferait jamais quelque chose d'aussi grossier. Enfin, peut-être s'il était ivre, mais certainement pas s'il était dans son état normal.

Les Runesmen entrèrent dans les baraquements et se dispersèrent vers leurs places désignées. Caden s'assit sur son lit de camp et retira ses bottes avec un grognement, reconnaissant de pouvoir enfin se reposer. Bien que personne n'ait vu d'ennemi, dragon ou autre, le Capitaine Eduard avait mis le château en état d'alerte maximale. Les circonstances mystérieuses entourant Lord Klodian faisaient l'objet de toutes les spéculations, et tous les soldats du château avaient été contraints de prendre des tours de garde.

Au fil de la journée, comme rien ne s'était produit, Eduard avait assoupli les tours de garde pour permettre le dîner et le repos. Caden était aussi préoccupé que tout le monde, mais il ne servait à rien de s'inquiéter. Certaines choses échappaient à son contrôle. La clé était d'apprendre à l'accepter.

Il retourna sa botte droite et attrapa le morceau de métal qui en tomba, puis s'allongea et le retourna entre ses mains. Maintenant qu'il ne brillait plus du tout, il pouvait voir qu'il était d'une teinte gris argenté. Le motif unique de lignes était toujours visible aussi. Caden passa un doigt sur les arêtes. Elles étaient lisses. La pièce entière était lisse, à l'exception d'un bord dentelé qui semblait être une ligne de cassure. Quelle que soit la nature de cet objet, il s'était détaché de quelque chose.

Une fois les lanternes éteintes et les ronflements emplissant l'air, Thais s'approcha de son lit. La pièce était légèrement éclairée par le clair de lune qui filtrait à travers les fenêtres, et il pouvait voir qu'elle le regardait d'un air pensif.

— Quoi ? demanda Caden.

— Tu m'as surprise.

— Comment ça ?

— Je m'attendais à te trouver nu. Je pensais que tu plaisantais à propos d'avoir trouvé quelque chose.

— Es-tu déçue que je ne le sois pas ? Caden soupçonnait qu'elle était attirée par lui, mais il voulait en être certain avant d'essayer quoi que ce soit avec elle. C'était drôle de voir à quel point il avait rapidement changé d'avis à son sujet.

— Ne t'inquiète pas pour ça. Que veux-tu me montrer ?

— Ça.

Il leva l'objet pour qu'un rayon de lumière l'éclaire. Thais tendit la main pour le prendre, et Caden recula la sienne.

— Je ne vais pas te le voler, souffla-t-elle. Je veux juste le regarder de plus près.

Il le lui tendit, et elle l'examina attentivement. Son sourcil gauche se leva, et elle tourna les yeux vers lui.

— Tu as trouvé ça à Slia ?

— Oui. C'était enfoui sous des débris, et il brillait en rouge quand je l'ai vu pour la première fois, mais il n'était pas chaud.

— Tu ne sais pas ce que c'est ? demanda-t-elle.

— Je devrais ?

— C'est un morceau d'irite.

Caden la regarda d'un air perplexe, secouant légèrement la tête. — C'est quoi ?

— C'est un type de métal, mais on ne le trouve qu'à un seul endroit à ma connaissance, et ce n'est pas près d'ici.

— Peut-être que quelqu'un à Slia l'a importé. Quel est le problème ?

— Rien de particulier, si ce n'est qu'il pousse sur une créature qui vit sur une montagne volcanique. C'est pratiquement un escargot géant qui fait son habitat dans les évents du volcan. L'irite agit comme un bouclier contre la chaleur. C'est une créature intéressante, mais inoffensive. Je trouve étrange que tu aies trouvé ça à Slia, étant donné que la ville a été attaquée par un dragon.

— Pourquoi est-ce étrange ? Tu as dit que c'était essentiellement un morceau d'escargot.

— Oui, mais il est résistant à la chaleur. Qu'est-ce qui brûle le plus chaud à ton avis, le feu de dragon ou un volcan ?

— Probablement un volcan, mais qu'est-ce que j'en sais ?

— Pas grand-chose, apparemment, répliqua Thais avec un sourire. Tu as deviné juste, cependant. Les gens essaient d'utiliser l'irite depuis des années, mais personne n'a trouvé comment. C'est un peu comme du fer, mais avec des propriétés différentes. Il est presque impossible à façonner.

— Tu sembles en savoir beaucoup à ce sujet, dit Caden.

Thais haussa les épaules. — Mon père a passé du temps avec des marchands qui avaient un projet pour vendre cette matière, mais personne n'en voulait. J'ai eu le malheur de devoir écouter toute leur conversation à ce sujet.

— Ton père était marchand ?

— Non. Il était soldat.

— Un Runesman ?

— Non, il était un chef. Un commandant. Il est mort au combat il y a quelques années.

— Il servait Lord Klodian ? Caden était surpris que Thais partage si ouvertement tant de choses avec lui.

— J'aurais aimé que ce soit le cas. Il servait dans un autre Dominion sous les ordres de Lord Culver. Cet homme est un tyran. Quand mon père est mort, Lord Culver l'a traité d'incapable et nous a bannies, ma mère et moi, de son Dominion. Nous sommes venues au Thophate parce que personne ne voulait risquer la colère de Lord Culver.

— Lord Klodian s'en fichait, hein ?

— Lord Klodian ne le sait pas, précisa Thais. Je n'aurais pas dû te dire ça.

— Ne t'inquiète pas, je ne dirai rien, répondit Caden. Qu'est-ce que j'aurais à gagner à t'attirer des ennuis ?

— Rien, à part une raclée.

— Et ta mère ? Tu as rejoint les Runesmen pour l'aider financièrement ?

— Elle est morte aussi. L'expression de Thais s'assombrit. Je suis fatiguée de parler de tout ça.

— Je n'avais pas l'intention de fouiller dans ton passé. Je suis désolé.

— C'est bon. Je vais me coucher. La journée a été longue.

Caden s'attendait à moitié à ce que Thais grimpe à nouveau sur son lit de camp, mais au lieu de cela, elle lui tendit le morceau d'irite et alla dans son propre lit. Il mit l'irite sous son oreiller et réfléchit aux paroles de Thais. Était-il possible que quelqu'un ait trouvé comment utiliser ce métal ? Et si oui, qu'en faisaient-ils ?

11

Il faisait encore nuit lorsque l'une des servantes réveilla Mina.

Elle se retourna, les yeux embrumés, et essaya de se concentrer sur le visage de la jeune fille. C'était Kera. Ou Fera. Elle n'était pas sûre, car il était difficile de distinguer les jumelles.

— Lord Klodian a demandé à te voir, chuchota la jeune fille.

— Il fait encore nuit, gémit Mina. Que peut-il bien vouloir à cette heure-ci ?

— L'aube pointe à l'horizon. Et tu sais comment il peut être, alors s'il te plaît, ne te rendors pas.

La jeune fille retourna furtivement dans son propre lit et s'y glissa, tirant la couverture par-dessus sa tête. Mina bâilla et resta allongée un moment, essayant de se forcer à se réveiller. Elle avait l'impression de s'être endormie il y a quelques instants à peine, et le fait qu'il l'ait aussi réveillée au milieu de la nuit n'arrangeait rien. Elle se força à sortir du lit et enfila laborieusement ses chaussures usées, puis se dirigea vers le couloir.

Lord Klodian l'attendait, accompagné de deux autres hommes. Ils étaient tous vêtus de vêtements simples, ce qui fit hésiter Mina. Elle n'avait jamais vu Klodian habillé de façon décontractée auparavant. C'était une vision étrange.

— Mon Seigneur ?

Klodian l'examina du regard.

— Tu te fondras dans la masse telle que tu es, dit-il. Viens, le carrosse nous attend.

— Le carrosse ? Que se passe-t-il ?

— Je te l'ai dit, nous allons tester ta nouvelle compétence. Et je connais l'endroit parfait.

Mina fixa Klodian, essayant de comprendre ses paroles avec son esprit fatigué. Quelques heures auparavant, il avait l'air frêle et épuisé. Et maintenant, il semblait être redevenu lui-même. Sa voix n'était plus du tout rauque. Il lui vint à l'esprit qu'il utilisait probablement sa magie runique.

— Nous partons maintenant, mon Seigneur ?

— Oui. Nous allons parcourir une bonne distance, et je veux être de retour avant la tombée de la nuit.

— Où allons-nous ? demanda Mina.

— Aux terres frontalières, près du Dominion de Phalan. Tes questions nous font perdre du temps. Allons-y.

Klodian tourna les talons et commença à marcher. L'un des gardes le suivit à ses côtés, et l'autre attendit Mina. Elle se frotta les yeux pour chasser le sommeil et soupira. Si l'écaille maudite lui offrait une autre capacité, elle l'arracherait de sa chair, peu importe la douleur.

Tous les quatre montèrent dans le carrosse et ils partirent, se dirigeant vers le nord en direction de la frontière. Mina était curieuse de savoir pourquoi Klodian était habillé comme un roturier, mais elle était encore plus curieuse de savoir pourquoi il n'avait amené que deux gardes avec lui. Elle avait entendu dire que les villes situées le long des frontières des Dominions étaient des endroits dangereux, remplis de gens qui ne respectaient pas les lois de l'un ou l'autre Dominion. Si c'était vrai, Mina soupçonnait que Lord Klodian était gravement en sous-effectif.

Le voyage dura plusieurs heures et se déroula sans incident. Mina fut surprise de rester éveillée tout du long, surtout compte tenu du peu de sommeil qu'elle avait eu. Elle gardait son regard fixé sur la fenêtre ou sur le sol, essayant de son mieux d'éviter de regarder Klodian ou ses hommes. Finalement, elle aperçut une vaste métropole qui ressemblait plus à un camp surdimensionné qu'à une ville. Il n'y avait pas de mur l'entourant, et l'endroit grouillait de gens de toutes cultures qui entraient et sortaient de grandes tentes multicolores.

Une fois le carrosse arrêté, les deux gardes en sortirent et inspectèrent les alentours, puis firent signe à Lord Klodian. Il descendit et regarda par-dessus son épaule en direction de Mina.

— Cet endroit devrait être idéal pour que tu puisses détecter la magie. Karapen est la ville la plus animée de la frontière, et il y a des gens de nombreux autres Dominions. Si quelqu'un utilise de la magie interdite, c'est ici qu'il se trouvera.

Mina se leva et frotta inconsciemment l'écaille sur sa jambe. Elle ne ressentait encore rien, mais si la détection de la magie était similaire à la détection des dragons, elle devrait se trouver à moins de cent mètres de la personne. Son estomac gargouilla, bien qu'elle ne fût pas tout à fait sûre que ce soit dû à la faim. Elle était anxieuse, et la sueur s'accumulait dans ses paumes.

Je veux juste en finir, pensa-t-elle en descendant lentement les marches du carrosse. Elle remarqua que la chaleur n'était pas aussi intense. Il faisait encore chaud, mais il y avait une lourdeur dans l'air à laquelle elle n'était pas habituée. Elle jeta un coup d'œil à Lord Klodian, se demandant à nouveau pourquoi il était habillé de façon décontractée.

— Ne parle à personne, dit Klodian. Et ne t'éloigne pas. Nous nous déplacerons toujours ensemble. Si tu vois quelque chose de suspect, dis-le. J'ai beau être perspicace, je ne peux pas être conscient de tous les dangers. Mes runes ne sont pas aussi puissantes à cette distance, et je préfèrerais éviter les problèmes si possible.

— Oui, mon Seigneur.

Klodian la regarda.

— Appelle-moi Ardit, dit-il. Je n'ai pas besoin que quiconque réalise que je suis un Seigneur de Dominion, sinon ils viendront tous me harceler avec leurs besoins et leurs désirs.

— Comme vous voudrez, mon Sei... Ardit, se reprit Mina.

Ardit était son prénom, mais Mina n'avait jamais entendu personne l'appeler ainsi. On s'adressait toujours à lui correctement avec son titre, donc il lui faudrait un certain temps pour s'habituer à utiliser autre chose. Klodian fit un geste en direction de la ville.

— Karapen possède un quartier où l'on vend des objets magiques, des charmes et autres. Nous commencerons par là et nous traverserons la ville. Avec un peu de chance, nous déterminerons rapidement ta compétence et nous pourrons repartir. Je n'aime pas ces vêtements, et je n'aime pas être aussi loin de chez moi sans une armée.

— Je ferai de mon mieux, dit Mina.

Klodian prit la tête, ses deux gardes le flanquant de chaque côté. Mina marchait derrière eux, les yeux écarquillés devant tous ces paysages étrangers. Ils passèrent devant des tentes de toutes tailles et de toutes couleurs, et les marchandises vendues à l'intérieur allaient des armes et armures aux tapis colorés et aux tapisseries ornées.

Quelques vendeurs l'interpellèrent dans la langue commune, mais beaucoup d'entre eux parlaient des langues qu'elle n'avait jamais entendues auparavant. Ils continuèrent le long de la route principale, qui était composée de terre bien tassée par l'usage. Des rues latérales partaient dans diverses directions, mais Klodian les fit continuer tout droit jusqu'à ce qu'ils atteignent une grande intersection. Il les conduisit vers la gauche, et Mina remarqua qu'il y avait considérablement moins de circulation piétonne.

Elle comprit immédiatement pourquoi.

Les tentes et les étals de cette rue étaient destinés aux personnes en quête d'objets magiques. Potions, charmes et grimoires étaient partout, et les vendeurs étaient tout aussi fascinants. Certains arboraient d'étranges marques encrées dans leur chair, tandis que d'autres avaient une variété de piercings sur le visage. Malgré leur apparence, Mina n'avait pas peur. Elle était plus intriguée qu'autre chose, une foule de questions se formant dans son esprit.

— Tu sens quelque chose ? demanda Klodian à voix basse, en se retournant vers elle.

Mina secoua la tête. L'écaille ne réagissait pas, et elle ne se sentait ni malade ni nauséeuse. En avançant dans la rue, les objets vendus devenaient de plus en plus étranges. Des animaux morts, des talismans faits d'os et de dents, et bien d'autres choses que Mina ne reconnaissait pas. Une sensation d'obscurité s'installa en elle, et elle regarda autour d'elle avec crainte.

— Mon Sei... euh, Ardit ?

— Oui, petite ?

— Je n'aime pas cet endroit. Il a l'air... mauvais.

— Je m'en doute. Ces gens pratiquent la magie de l'ombre. Elle est interdite comme les autres types, mais la magie de l'ombre est particulièrement dangereuse. Pour l'utiliser, le lanceur doit prendre la vie de quelque chose pour réaliser ses sorts.

— Ils tuent des gens ?

— Oui, et des animaux. C'est une bande de scélérats.

Mina pouvait sentir l'obscurité se refermer autour d'elle, un poids lourd qui tentait de l'étouffer. Elle déglutit avec difficulté et resta près de Klodian et de ses gardes, mais cela ne la rassurait pas davantage. Son cœur commença à s'emballer, et...

Ses yeux se tournèrent brusquement vers la droite. Elle sentait quelque chose, mais ce n'était pas la sensation étrange qu'elle avait ressentie à Slia. Non, c'était une sensation familière, une qu'elle ne connaissait que trop bien. Elle se concentra sur cette attraction.

C'était de l'autre côté des tentes, proche, mais pas trop puissant. Ce devait être un jeune, plus jeune que tous ceux qu'elle avait sentis auparavant.

Mina dépassa les gardes et prit la tête. Klodian ne la questionna pas. Il la suivit simplement, accélérant le pas pour rester à sa hauteur. L'attraction la guidait vers la droite, mais elle ne pouvait rien voir avec toutes ces tentes. Elle se précipita au bout de la rue et tourna au coin. Une immense tente verte et jaune attira son attention.

C'était là.

Elle vérifia que Klodian et les gardes étaient toujours avec elle, et Klodian lui fit un signe de tête. Il posa sa main sur la garde de son épée, et les gardes firent de même. Mina se retourna vers la tente. Bien qu'elle fût énorme, elle ne semblait pas assez grande pour abriter un dragon. Il devait être vraiment jeune s'il pouvait tenir dans cet espace. Mina s'arrêta à l'entrée, son cœur battant la chamade.

— Qu'est-ce que c'est, petite ? Un dragon ou de la magie ?

Mina saisit le rabat de la tente et l'ouvrit.

12

Lorsque le cor du matin retentit, Caden était déjà réveillé et prêt.

Il fut l'un des premiers à se précipiter hors des baraquements et à commencer la course matinale autour du château. Le Capitaine Eduard leur avait dit de faire dix tours. Cela avait semblé assez facile, mais comme la veille l'avait prouvé, c'était beaucoup plus difficile qu'il ne l'avait d'abord pensé. À mi-chemin de son deuxième tour, il pouvait sentir les courbatures dans ses muscles se réveiller.

Il maintint un rythme régulier et essaya de se concentrer sur autre chose que la douleur. Ses pensées se tournèrent vers Lord Klodian, et il se demanda comment l'homme s'en sortait. Klodian semblait coriace, et Caden avait entendu les histoires sur la façon dont il avait échappé à plusieurs tentatives d'assassinat. Quoi qu'il lui soit arrivé hier à

Slia, il semblait peu probable qu'il reste à terre longtemps.

L'air du matin était vif et frais. Dans quelques heures, le soleil commencerait à cuire la terre de sa chaleur implacable. Pour l'instant, Caden appréciait la légère fraîcheur. Il avait une bonne avance sur ses camarades Runesmen, d'au moins deux tours, mais ce n'était pas une compétition. Il s'agissait d'endurance et d'entraîner son corps. Lorsqu'il termina son dernier tour, le soleil avait chassé la fraîcheur.

Caden entra dans le château pour le petit-déjeuner. Il n'y avait pas de file d'attente, et il obtint des portions fraîches d'œufs brouillés, deux biscuits nappés de sauce, et une épaisse tranche de jambon. La nourriture fumante lui mit l'eau à la bouche et il dévora le repas avec avidité. Les autres Runesmen commencèrent à entrer dans la salle à manger, et Thais porta son plateau là où il était, s'asseyant à côté de lui.

— Tu essaies de frimer ou quoi ? demanda-t-elle.

— Non, pourquoi ?

— Je demande juste. Tu n'as attendu personne avant de déguerpir comme un chien sur la piste de sa proie.

Caden sourit. — J'aime juste commencer mes journées par une course relaxante, alors j'étais impatient de commencer.

Thais le regarda comme s'il était fou avant que son sarcasme ne lui apparaisse. Elle roula des yeux et secoua la tête.

— Oh, on a un bouffon ici. Génial.

— Je serai là toute la semaine, dit Caden.

— Tu seras là plus longtemps que ça, j'espère. Tu ne prévois pas de mourir bientôt, si ?

— Non, bien sûr que non.

Caden envisagea de lui parler de son plan, mais il décida de garder le silence. Il avait initialement supposé que ses jours d'entraînement seraient une torture et qu'il finirait par rester seul, un loup solitaire parmi la meute. C'était seulement son deuxième jour complet en tant que Runesman et il se sentait plus chez lui qu'il ne l'avait été depuis longtemps.

C'était un sentiment formidable, mais s'il voulait se faire un nom, il devrait quand même changer de Dominion. Il se sentait en conflit, ce qui rendait les choses confuses. Devrait-il rester où il était et se contenter de la façon dont les choses étaient, ou devrait-il aller de l'avant avec son plan ?

Il ne connaissait pas la réponse. Pas encore.

Thais se mit à manger, mais elle se tourna vers lui et parla la bouche pleine.

— Tu devrais montrer au Capitaine Eduard ce que tu as trouvé à Slia.

Le visage de Caden se plissa de confusion. — Pourquoi ?

— Plus j'y pense, plus je suis convaincue qu'il se passe quelque chose d'étrange. Soi-disant, plusieurs dragons ont attaqué et il n'y avait aucun signe d'eux quand nous sommes arrivés.

— Quel rapport avec l'irite ? Et en plus de ça, l'attaque a eu lieu quelques heures avant notre arrivée. C'est largement suffisant pour que les créatures s'enfuient.

— Tu ne m'écoutais pas hier soir ? L'irite est résistant à la chaleur.

— Et alors ?

Thais était sur le point d'enfourner plus de nourriture dans sa bouche, mais s'arrêta et regarda Caden d'un air incrédule.

— Tu ne fais vraiment pas le lien ? Si quelqu'un pouvait fabriquer un bouclier ou une sorte d'armure résistante au feu de dragon, que penses-tu qu'il ferait avec ça ? Tuer des dragons plus facilement ? Bien sûr, peut-être que quelqu'un comme Lord Klodian ferait ça. Mais quelqu'un comme Lord Culver penserait plus grand, avec l'avidité comme moteur. Quelqu'un comme Lord Culver trouverait un moyen d'utiliser l'irite à son avantage et forcerait les dragons à faire sa volonté.

Caden resta silencieux un long moment. Thais continua à manger comme si elle n'avait pas juste fait un grand saut dans la logique, ce qui l'inquiéta. Elle n'était pas sérieuse, n'est-ce pas ?

— Tu penses que quelqu'un a orchestré cette attaque sur Slia ? Quelqu'un qui a un moyen de contrôler les dragons ?

— Oui.

— Tu ne peux pas être sérieuse, dit Caden en riant nerveusement. C'est une pensée farfelue. Et c'est impossible.

— Comment sais-tu que c'est impossible ? demanda Thais.

— Ça n'est jamais arrivé auparavant. Si c'était possible, je suis sûr que quelqu'un l'aurait déjà découvert et nous serions en train de mener des batailles à dos de dragon. Réfléchis-y, Thais. Imagine vraiment ça dans ta tête. Quelqu'un contrôlant un dragon ? Il ricana. Je pense que tu as reçu un coup de trop à la tête.

— Tu n'es pas obligé de croire ce que je dis, mais ne te moque pas de moi pour ça. Nous sommes peut-être amis maintenant, mais je te botterai quand même les fesses.

— Je suis désolé, je ne voulais pas t'offenser. C'est juste... tu ne crois pas vraiment ça, n'est-ce pas ?

Thais haussa les épaules. — Et alors si c'est le cas ? Tu vas me traiter de folle ensuite ? Lance toutes les insultes que tu veux. Je peux les encaisser. J'ai la peau plus dure que tu ne le penses. Mais retiens bien mes paroles : si j'ai raison et que quelque chose de mal arrive, ce sera entièrement de ta faute. Je dis juste que tu devrais dire au Capitaine Eduard ce que tu as trouvé. Je lui dirai ce que je pense qu'il se passe, et s'il se moque de nous, alors la faute sera sur lui. S'il ne le fait pas et que j'ai raison, alors nous serons des héros.

Caden n'arrivait pas à croire ce qu'elle disait. Il n'y avait absolument aucune chance qu'il raconte sa théorie du complot à qui que ce soit, surtout pas au Capitaine Eduard. Ils seraient tous les deux renvoyés des Runesmen pour instabilité mentale.

— Si c'est ce que tu crois, tant mieux pour toi, mais je ne veux rien avoir à faire avec ça. Et il n'y a aucun blâme à me jeter même si tu as raison. J'ai trouvé un morceau de métal, rien de plus. Je te verrai sur le terrain.

Caden quitta la salle à manger et sortit du château, se dirigeant vers le terrain d'entraînement. L'idée que quelqu'un contrôle des dragons dans un but néfaste était absurde. S'il ne la connaissait pas mieux, et il ne la connaissait peut-être pas, il dirait que Thais *était* folle. Peut-être qu'elle était stressée. Elle avait évoqué son passé la nuit dernière, et c'étaient des blessures émotionnelles profondes. La mort d'un parent pouvait avoir cet effet sur n'importe qui.

Il attendit les autres Runesmen pour qu'ils puissent commencer leur entraînement. Le Capitaine Eduard fut le premier à le rejoindre sur le terrain, et il offrit un hochement de tête impressionné à Caden.

— Vous vous êtes bien débrouillé hier, dit Eduard. Trouver Lord Klodian dans cet état a dû être effrayant.

— Un peu, admit Caden. J'ai d'abord cru qu'il était mort. Est-ce qu'il va bien ? Nous n'avons eu aucune nouvelle de lui.

— Il va bien. Il est parti ce matin pour des affaires personnelles, mais il sera de retour ce soir.

Caden sentit une vague de soulagement le submerger. — Dieux merci. Que lui est-il arrivé ?

Eduard secoua la tête. — Personne ne sait. Il s'est réveillé au milieu de la nuit, faible et confus. Les médecins n'ont trouvé aucune blessure. Pas de poison dans son organisme, rien. C'est une énigme.

— J'imagine. Je suis content qu'il aille bien.

Des voix fortes emplirent l'air alors que les autres Runesmen approchaient du terrain. Eduard s'approcha de Caden et baissa la voix.

— Vous pensez peut-être vous en être tiré, mais je vous ai à l'œil.

— Monsieur ? demanda Caden, confus.

— C'est une sacrée coïncidence qu'il était seul quand vous l'avez trouvé. Il ne se souvient pas de grand-chose, et l'esclave a dit qu'il avait disparu avant qu'elle ne s'en aperçoive. Tout cela me semble suspect. Un coup monté de l'intérieur par un traître. Peut-être même deux. Qu'en savez-vous ?

— Rien, monsieur. Je vous ai dit tout ce que je sais.

— Nous verrons bien. Si vous me mentez, je le découvrirai. Eduard se tourna vers les autres Runesmen. — En ligne ! cria-t-il.

Aujourd'hui, vous allez vous entraîner au combat !

Caden fixa le capitaine. Pensait-il que Caden avait fait quelque chose à Lord Klodian ? C'était encore plus absurde que la théorie de Thaïs. Comme si elle avait été invoquée par ses pensées, Thaïs marcha jusqu'à lui pour se placer à ses côtés dans la ligne, un air renfrogné sur le visage. Il ferma les yeux et soupira.

Non seulement Thaïs était fâchée contre lui, mais Eduard le soupçonnait aussi d'un crime qu'il n'avait pas commis. Peut-être que l'idée de se transférer dans un autre Dominion n'était pas si mauvaise après tout.

13

— Bienvenue ! Entrez, entrez !

La voix joviale provenait d'un grand homme à la peau sombre se tenant près du centre de la tente. Il sourit largement et fit signe à Mina d'entrer. Elle jeta un coup d'œil autour de la tente et repéra la source de l'attraction. C'était *bien* un dragon, mais le plus petit qu'elle ait jamais vu. Il était lové sur un tapis, mais releva brusquement sa tête couleur laiton et la fixa lorsqu'elle entra.

Lord Klodian et l'un des gardes la suivirent, et elle devina que l'autre montait la garde à l'extérieur. Klodian regarda d'abord le dragon, puis le marchand. Mina était perplexe. L'homme à la peau sombre ne semblait pas avoir peur de la bête. Elle avait à peu près la taille d'un cheval, mais quand même... c'était un dragon.

— Vous venez chercher des épices, n'est-ce pas ? J'en ai beaucoup à vous proposer.

L'homme désigna les étagères autour de la tente. Les rayonnages étaient remplis de bocaux en verre contenant une variété d'épices colorées.

— Oui, nous sommes venus pour des épices, répondit Lord Klodian. Gareth, peux-tu me trouver de la cannelle ?

— Il devrait y avoir de la cannelle sur l'étagère là-bas, dit le marchand en pointant du doigt le rayonnage le long du mur de droite.

Klodian fit un signe de tête vers le dragon. — Je n'en ai jamais vu un comme celui-ci auparavant.

— Ah, oui. Draak ne vient pas de ce Domaine. Je l'ai ramené d'au-delà de la frontière.

— Vous lui avez donné un nom ? Klodian semblait consterné.

— Oui. C'est mon animal de compagnie. Ne nommez-vous pas vos animaux de compagnie, cher monsieur ?

— Si, mais les dragons ne sont pas des animaux de compagnie. Dans mon Domaine, nous tuons les dragons. Ce sont des créatures sans cervelle qui ne causent que destruction.

Mina écoutait leur échange, mais elle observait aussi le dragon avec curiosité. Il lui rendit son regard, reniflant l'air.

— Les dragons sont plus intelligents que les gens ne le pensent, dit le marchand. Celui-ci peut même faire des tours. Draak, viens ici.

Le dragon l'ignora et continua de fixer Mina. Le marchand claqua des doigts plusieurs fois, mais cela ne servit à rien.

— Bah ! Ils peuvent être têtus quand ils le veulent.

Mina détacha son regard du dragon et regarda Klodian.

— Combien pour la cannelle ? demanda-t-il alors que le garde revenait avec un bocal.

— Deux pièces d'argent, sans effigie. J'ai besoin de pouvoir les dépenser dans mon propre Domaine.

Klodian plongea la main dans une bourse à sa ceinture et en sortit les pièces. Il les tendit à Mina, qui s'avança pour les donner au marchand. Le dragon renifla l'air à nouveau et grogna contre elle, un grondement sourd venant du fond de sa poitrine.

— Allons, Draak. Elle est inoffensive.

Le dragon siffla et se dressa sur ses pattes, les ailes plaquées contre son corps. Il courut se cacher derrière l'une des étagères et y resta.

— Étrange, dit le marchand. Je ne l'ai jamais vu faire ça auparavant.

— Il n'aime probablement pas son odeur, dit Klodian en lançant un regard à Mina. Merci pour la cannelle.

— Revenez quand vous voulez !

Ils quittèrent la tente, rejoignant l'autre garde dans la rue.

— C'est la seule chose que tu sens dans les parages ? demanda Klodian.

— Oui, mon Seigneur.

Klodian lui lança un regard noir, et elle tressaillit.

— Oui, Ardit.

— Faisons un tour pour en être certains.

Klodian conduisit Mina dans plus de rues qu'elle ne pouvait en compter, et finalement, elle cessa d'essayer de les mémoriser. Karapen était une ville étrange et fascinante. Il y avait plus de choses et de gens merveilleux dans ce seul endroit qu'elle n'aurait jamais pu l'imaginer, mais elle ne sentait rien d'autre que le dragon, et seulement quand elle était assez proche pour ressentir l'attraction de l'écaille dans sa jambe.

Après plusieurs heures, Klodian s'irrita et mit fin à son test. Ils s'arrêtèrent à un étal de nourriture où il leur acheta à tous une tranche de viande séchée, puis ils retournèrent au carrosse à l'extérieur de la ville. Mina mâchait la friandise, qui était légèrement dure. Elle était bien assaisonnée et avait bon goût, mais il fallait faire un effort conséquent pour la déchirer avec les dents.

Lord Klodian prit le bocal de cannelle des mains du garde et le jeta au sol. Le verre se brisa et la cannelle se répandit sur le sable. Mina risqua un coup d'œil vers lui, se demandant pourquoi il avait fait cela.

— Cet homme est un imbécile s'il pense que ce dragon ne le dévorera pas à la première occasion. Vous y croyez, qu'il ait dit qu'ils étaient intelligents ?

Les deux gardes ricanèrent. Mina sourit, approuvant silencieusement que les paroles de l'homme étaient difficiles à croire.

— Retour au château, dit Klodian. Ce voyage était une perte de temps.

Ils montèrent dans le carrosse et entamèrent le voyage de retour vers le château de Klodian. Plus ils s'éloignaient de Karapen, plus Mina se sentait mal à l'aise. Elle regarda par la fenêtre du carrosse, mais il n'y avait rien à voir.

Pourtant, elle le *sentait*.

Il y avait un dragon à proximité, et ce n'était pas le même que celui de la ville.

Chacun avait une sensation unique, et elle n'avait jamais ressenti deux fois le même. Durant toutes ces années où elle avait guidé Klodian dans ses chasses, il n'avait jamais manqué de tuer un dragon. Elle savait que c'était grâce à sa magie runique. Comme il pouvait puiser dans la force de ses soldats, entre autres attributs, il était plus fort et plus rapide que sa proie.

Et pourtant, malgré les nombreux dragons qui étaient tombés sous sa lame, ils n'avaient toujours pas rencontré celui qui l'avait maudite. Du moins, c'est ce qu'elle espérait. Si le dragon avait déjà été tué, cela signifiait que sa malédiction avait survécu à son existence. Et Mina ne supportait pas l'idée d'être une esclave toute sa vie.

— Mon Seigneur, dit-elle, gardant son regard fixé sur la fenêtre. Il y a un dragon à proximité.

Klodian inclina la tête pour regarder par la fenêtre.

— Dans quelle direction ?

— Je ne suis pas sûre. J'ai l'impression qu'il est juste au-dessus de nous. Peut-être que si nous nous arrêtons, je pourrai mieux sentir où il se trouve.

Klodian garda le silence un moment. — Non. Nous sommes encore trop loin du château pour que la magie soit efficace. Je n'ai pas non plus apporté mon armure de plates. Celui-ci peut s'estimer chanceux.

Mina fronça les sourcils, déçue. Si seulement Lord Klodian n'était pas l'un des rares à chasser les dragons. Mis à part le danger, il n'y avait qu'une poignée de Seigneurs de Domaine. Et comme la magie runique était réservée à la classe dirigeante, le risque l'emportait largement sur les avantages pour la plupart des gens. C'est ce que croyait Mina, en tout cas.

L'attraction de l'écaille commença à s'estomper, et Mina scruta à nouveau le ciel. Cette fois, elle vit quelque chose. Une forme sombre massive traversa le ciel en direction de l'ouest. Mina la regarda jusqu'à ce qu'elle ne soit plus visible, les sourcils froncés.

Elle n'avait jamais vu de dragon noir auparavant.

14

— Je veux voir ce dont vous êtes capables, dit le capitaine Eduard, les bras croisés sur la poitrine. Il regarda la ligne des Runesmens.

— C'est une chose de manier une épée à l'entraînement, et une autre de combattre un véritable ennemi. Aujourd'hui, vous allez vous mettre par deux et vous battre. Je veux que vous ne reteniez rien, mais ne tuez pas votre partenaire. Quelques coupures et égratignures peuvent être soignées, et elles guériront. Si vous blessez mortellement votre partenaire, vous serez punis et envoyés à la potence. Je ne veux pas ça, et vous non plus.

Caden avait quelques compétences avec une lame, mais il n'était en aucun cas le meilleur. Il était impatient d'apprendre de quelqu'un ayant plus d'expertise. Non seulement cela ferait de lui un meilleur guerrier, mais cela l'aiderait aussi s'il était transféré dans un Dominion où il verrait beaucoup de batailles.

— Thais, tu es avec Caden.

Eduard jeta un rapide coup d'œil à Caden avant de continuer le long de la ligne. Caden comprit l'allusion, mais il n'allait pas laisser Thais le battre. Il dégaina son épée et recula de quelques pas, faisant tournoyer la lame plusieurs fois pour assouplir ses muscles.

Thais tira son épée, un air renfrogné plaqué sur son visage. Elle ressemblait exactement à ce qu'elle était l'autre jour quand il l'avait rencontrée. Il s'était déjà excusé. Que voulait-elle de plus ?

— J'espère que ça ne te dérange pas d'avoir quelques cicatrices sur le visage, dit-elle d'un air suffisant.

Caden gémit intérieurement. Il n'était pas vaniteux, loin de là, mais cela ne signifiait pas qu'il voulait ressembler à un vétéran de guerre à un si jeune âge. Sans avertissement, Thais se rua sur lui, abattant son épée dans un mouvement de haut en bas. Caden fit un pas de côté et se retourna pour la frapper, mais elle s'était déjà corrigée et avait bloqué sa lame. Le métal résonna bruyamment lorsque leurs épées s'entrechoquèrent, et les deux s'éloignèrent l'un de l'autre.

— J'ai dit que j'étais désolé, dit Caden. Je ne voulais pas blesser tes sentiments.

Thais rit. — Oh, tu pensais avoir blessé mes sentiments ? S'il te plaît. Je n'en ai pas !

Elle se précipita à nouveau sur lui, mais cette fois Caden était préparé. Il leva son épée horizontalement, bloquant son attaque. Il laissa son élan forcer sa lame vers le bas, mais il tordit son poignet au dernier moment, la faisant se pencher en avant. La pointe de son épée frappa le sol, et Caden se jeta en avant, donnant un coup de sa lame vers ses côtes. Elle était protégée par son armure, mais il marqua un point.

Thais grogna et releva brusquement son épée, le frappant. Il y avait une rage dans ses yeux, et Caden craignait que sa colère ne prenne le dessus sur son bon jugement. Elle le percuta, et la seconde d'après, il se retrouva allongé sur le dos. Il la regarda avec confusion, se demandant comment il avait atterri au sol.

— Très bien, Thais, félicita le capitaine Eduard. Il se tenait au-dessus de Caden et lui offrit sa main. Caden la prit et fut remis sur pied.

— Sais-tu pourquoi Thais t'a mis à terre ?

— Parce qu'elle m'a foncé dessus ?

— Oui et non, dit Eduard. C'est *comment* elle t'a mis à terre, mais pas pourquoi. Elle est impétueuse. Elle a vu une ouverture et l'a saisie, mais il y a une différence entre un risque calculé et de l'imprudence. Tu aurais pu te dégager de sa trajectoire, mais tu es resté sur place. Pourquoi ?

— Je ne pensais pas qu'elle pouvait frapper si fort, répondit Caden.

— Tu as sous-estimé ton adversaire. Si c'était une vraie bataille, tu serais mort à cause de cette erreur. On nous apprend quand nous sommes jeunes que les erreurs sont mauvaises, et nous sommes punis pour elles. Rappelle-toi ceci : les erreurs ne sont mauvaises que si tu n'en tires aucune leçon. Faire des erreurs est souvent le meilleur moyen d'apprendre.

Eduard se pencha vers Caden et baissa la voix.

— Thais est habile et utilise sa fureur à son avantage, mais elle a des faiblesses. Trouve-les et prends un risque.

— Oui, monsieur.

Eduard recula de plusieurs pas.

— Recommencez.

Caden et Thais se tournèrent à nouveau autour, mais cette fois, Caden se sentait moins préparé. Quelques instants auparavant, Eduard l'avait accusé de trahison, et maintenant il lui offrait des conseils utiles. L'homme était aussi déroutant que Thais. Caden vida rapidement son esprit et compta silencieusement jusqu'à trois, puis se rua sur Thais. Elle lui sourit, et avant qu'il ne puisse lever son épée pour la frapper, elle esquiva sur le côté, frappant le plat de sa lame contre l'arrière de sa cuisse. Une douleur lancinante traversa sa jambe. Il serra les dents et fit volte-face pour lui faire face.

— Tu es tellement prévisible, le nargua-t-elle.

Caden ignora ses paroles. Il pouvait sentir Eduard l'observer, le juger. Regrettait-il sa décision de laisser Caden devenir un Runesman ? Dieux, il espérait que non. C'était sa seule porte d'entrée vers l'argent et la célébrité qu'il voulait, mais l'armée de Lord Klodian n'était finalement qu'un tremplin vers son but final. Il ne pouvait pas se permettre de trébucher sur cette pierre.

— Tu parles trop, dit Caden, réduisant lentement la distance entre eux.

Thais n'attendit pas qu'il s'approche suffisamment. Elle chargea, faisant tournoyer son épée dans un mouvement ascendant. Caden dévia le coup sur le côté avec sa lame, puis s'abaissa et frappa le côté de son genou avec le pommeau. Elle cria de surprise et tomba au sol.

— Comment c'était pour du prévisible ? demanda-t-il tandis que Thais roulait sur le dos.

Elle lui lança un regard noir et se frotta le genou. Caden savait qu'elle était en colère. Elle n'avait pas anticipé son mouvement, et elle n'aimait pas perdre. Il lui tendit la main comme Eduard l'avait fait pour lui, mais elle la repoussa et se releva seule.

— Le meilleur de trois, lança-t-elle sèchement.

— Ça me va, répondit Caden.

Il inclina la tête de droite à gauche, étirant son cou. Il n'y avait rien à gagner de cette victoire. Si quelque chose, cela montrerait au capitaine Eduard qu'il avait appris quelque chose. Thais ne serait pas heureuse de perdre, mais il n'y avait rien à y faire. Elle le fixait, et il lui rendit son regard, leurs yeux verrouillés.

En même temps, ils coururent l'un vers l'autre. Leurs lames s'entrechoquèrent, et ils entamèrent une danse de jeu de jambes et de coups et d'esquives rapides. Caden mit tout ce qu'il avait dans ses manœuvres, versant chaque once de force, de vitesse et de concentration mentale dans le combat.

Il n'était pas son égal. Non, elle était plus habile que lui, mais il avait réussi à tenir bon contre elle jusqu'à la toute fin, quand il avait repéré la faiblesse dont Eduard lui avait parlé. Si elle avait eu le moindre soupçon de ce qu'il pensait, elle aurait pu facilement le bloquer et gagner. Et si elle ne l'avait pas, alors il serait le vainqueur. Il la tenait occupée avec ses attaques, mais ses muscles le brûlaient et son endurance faiblissait. Eduard lui avait dit de prendre un risque. C'était maintenant ou jamais. Caden attendit de voir Thaïs s'étendre trop loin en lui portant un coup, puis il frappa son épée vers le haut et fit rapidement un pas en avant. Il visa bas et enfonça son épaule dans son ventre.

Elle grogna de surprise et de douleur, et son élan la fit perdre l'équilibre. Elle chancela en arrière et tomba, s'écrasant au sol dans un bruit sourd. Il posa son pied sur sa poitrine, la clouant au sol, et plaça la pointe de son épée contre son cou.

— Tu te rends ? demanda-t-il.

Ses yeux se remplirent de larmes, mais il doutait que ce soit par embarras. Elle était tombée durement et il était certain qu'elle avait mal. Elle haleta sa réponse, faisant de lui le vainqueur de leur combat. Il retira son épée et se tourna pour regarder le Capitaine

Eduard. Les autres Runesmens s'étaient rassemblés pour assister à leur bataille, et ils commencèrent à acclamer.

— Tu as pris un risque, dit Eduard. Elle a laissé une ouverture et tu en as profité. Elle aurait pu t'avoir.

— Je sais. J'avais peur que mes yeux me trahissent, mais elle était trop consumée par l'émotion. Ça a joué en ma faveur.

— Félicitations. Tu as appris quelque chose de nouveau aujourd'hui.

Eduard se retourna vers les autres. — Le spectacle est terminé. Retournez à vos occupations !

Les Runesmens reprirent leurs entraînements, et Caden regarda Thaïs. Elle était debout maintenant, et elle rangea sa lame. Elle boita jusqu'à lui et lui tapa sur l'épaule.

— Je suis impressionnée, dit-elle. Tu m'as battue loyalement, mais ça ne se reproduira pas.

— On verra, répondit Caden.

— Oui, on verra. Thaïs baissa la voix. Je pense toujours que tu devrais lui dire ce que tu as trouvé.

— Je ne vais pas le faire.

— Comme tu veux. Thaïs haussa les épaules. C'est ton enterrement si j'ai raison.

Elle se dirigea vers les baraquements, et tandis qu'elle s'éloignait en boitant, Caden se sentit coupable de l'avoir frappée si fort au genou, mais quand il repensa à la rage qu'il avait vue dans ses yeux, il savait qu'elle aurait fait la même chose.

Si ce n'est pire.

15

Une semaine s'était écoulée depuis l'attaque sur Slia.

Lord Klodian était tout aussi obsédé par la vengeance que le jour où cela s'était produit, et Mina se sentait au bord de l'épuisement. Chaque jour depuis lors, Klodian l'avait emmenée dans ses chasses. Ils fouillaient les plateaux désertiques, exploraient les grottes cachées et parcouraient le paysage aride pendant des heures.

Certes, Klodian avait tué plus de dragons ces derniers jours que durant tout l'été précédent, mais Mina était fatiguée. Sa peau était tellement brûlée par le soleil qu'elle avait formé des cloques, et quand elle transpirait, l'eau s'accumulait sous sa chair et lui donnait l'impression d'être une sorte de monstre.

Ils rentraient chaque soir à temps pour le dîner, et cette nuit ne faisait pas exception. Comme ils passaient toute la journée à chasser, Klodian ne lui faisait pas accomplir ses tâches habituelles. Les soirées lui appartenaient pour en faire ce qu'elle voulait, et elle les passait dans le champ à l'extérieur du château, à contempler les étoiles.

Mina était allongée dans l'herbe sèche, l'estomac plein. Elle voulait se reposer, mais pour une raison quelconque, le sommeil la fuyait. Elle avait beaucoup de choses en tête, et tout cela la hantait alors qu'elle était allongée là dans le calme de la nuit. Des souvenirs lointains, des espoirs et des cauchemars l'assaillaient tous. Le pépiement d'un animal au loin s'insinuait dans ses oreilles, apportant avec lui une folie et le désir désespéré de le faire disparaître.

Au-dessus d'elle, le ciel nocturne était clair et les étoiles scintillaient vivement. Elle traça du regard la constellation Avera, se demandant qui avait été le premier à repérer la forme humaine que dessinaient les étoiles. Avera était la déesse de la fortune, et Mina l'avait priée de nombreuses fois quand elle était plus jeune. C'était avant qu'elle ne connaisse la vérité, qu'il n'y avait pas de dieux. Ou, s'il y en avait, le sort des gens leur importait peu. Le bruit de quelqu'un qui approchait brisa sa rêverie, et elle leva la tête pour voir Caden.

— Encore une nuit calme, dit-il doucement. Et une autre garde tranquille.

Il s'assit à côté d'elle et se pencha en arrière, se soutenant sur ses bras. Il regardait le ciel, et elle fixait son visage. C'était un bel homme, mais elle savait que Thais le désirait. C'était évident dans sa façon d'agir autour de lui. Mina s'en moquait. Elle voulait sa liberté de l'écaille maudite, et le désir de romance ne ferait que détourner son attention de ce qui comptait.

Elle le considérait comme un ami, cependant. Elle n'en avait jamais vraiment eu beaucoup, du moins pas depuis qu'elle était enfant. Avant son accident, elle avait eu quelques amis. Une fois que la nouvelle de l'écaille dans sa jambe s'était répandue, elle avait été rejetée par tout le monde. Mina trouvait plus difficile de naviguer dans une amitié qu'elle ne s'en souvenait, mais elle savait que Caden ne prévoyait pas de rester dans la Domination de Thophate.

— Est-ce que tu te remets parfois en question ? demanda Mina.

— Tout le temps, répondit Caden. Pourquoi ?

— Je ne sais pas. Je suppose que je me demande juste si je suis la seule à le faire.

Caden rit et se tourna pour la regarder. — Tout le monde se demande à un moment donné s'il est sur la bonne voie. Personne n'est parfait.

— Certaines personnes donnent l'impression d'avoir tout planifié et que leur vie est parfaite. Comme toi.

— Moi ? Ma vie est loin d'être parfaite.

— N'est-ce pas le cas, pourtant ? Ton rêve était de devenir un Runesman, et tu en es un.

— Oui, mais il a fallu beaucoup d'efforts pour y arriver. Et être un Runesman n'est qu'une partie de ce que je veux. Je veux être riche. Je veux que les gens connaissent mon nom, mais pas à cause de quelque chose que j'ai mal fait, mais pour le fait qu'un humble paysan s'est sorti de la pauvreté pour atteindre la grandeur. Pour cela, il faudra que j'évite de mourir.

— Je t'ai vu combattre, dit Mina. Tu es très bon.

— Pour un œil non averti, peut-être. Caden sourit. Je ne suis pas l'un des meilleurs à l'épée dans mon groupe, encore moins dans toute l'armée.

— Et pourtant, tu as été affecté à la garde si rapidement.

— Uniquement à cause des circonstances. Lord Klodian a perdu quatre patrouilles. Elles ont disparu sans laisser de traces, et Les Longs Sables sont un endroit immense. Nous ne pouvons pas partir à leur recherche sans risquer de perdre plus d'hommes.

— Que penses-tu qu'il leur soit arrivé ?

— Aucune idée, répondit Caden. Peut-être qu'ils ont fait défection, mais j'en doute. Il y a eu beaucoup de tempêtes de sable récemment, donc le Capitaine Eduard pense qu'ils se sont perdus. S'ils ne reviennent pas d'ici quelques jours, Lord Klodian va supposer qu'ils sont morts. Sans eau, il est impossible de survivre là-bas.

Mina trouvait effectivement la disparition des patrouilles curieuse, mais comme cela ne l'affectait pas, elle ne s'y était pas attardée. Cela ne devait pas non plus beaucoup déranger Lord Klodian, car son attention s'était portée sur la chasse aux dragons.

— As-tu déjà vu un dragon ? demanda-t-elle.

— Non. Et je ne pense pas en avoir envie.

Elle ne le blâmait pas. Ils étaient féroces, et toute créature capable de cracher du feu ne semblait pas être une création naturelle.

— Quand penses-tu aller dans une autre Domination ?

Caden haussa les épaules. — Le Capitaine Eduard pense que j'ai quelque chose à voir avec le fait que Lord Klodian était inconscient après l'attaque à Slia. Jusqu'à ce que je puisse prouver que ce n'était pas moi et que je gagne ses bonnes grâces, il est probablement sage de ne pas en parler.

— Je ne savais pas ça. Pourquoi pense-t-il que c'était toi ?

— J'ai été le premier à le trouver, donc il trouve ça suspect. Si Thais et moi ne nous étions pas séparés, je doute que ce serait un problème. Quoi qu'il en soit, je vais travailler aussi dur que possible pour montrer mon dévouement. Lord Klodian semble être un homme bien, mais il n'y a aucun moyen que je trouve ce que je cherche ici dans le désert.

— Il y a un moyen, dit Mina. Mais cela nécessite de tuer des dragons.

— Non merci. Je préfère les chances contre d'autres personnes, pas contre des chaudrons vivants surdimensionnés. Peut-être que si tu trouves quelque chose de moins dangereux, je l'envisagerai.

C'était au tour de Mina de rire. Elle faisait cela souvent en présence de Caden, ce qui était une autre chose à laquelle elle n'était pas habituée.

— Tu ne veux peut-être pas voir un dragon, mais que dirais-tu d'une corne de dragon ?

— Pourquoi voudrais-je voir une corne de dragon ?

— J'ai une collection. Lord Klodian en coupe une à chaque dragon qu'il tue et me la donne. Il sait que je les déteste, et je pense que c'est, d'une certaine manière, un signe de gentillesse de sa part.

Elle ne mentionna pas que c'était le *seul* geste de gentillesse qu'il lui montrait.

— Où les gardes-tu ?

— Sous mon lit, répondit Mina.

— Tu sais que les Runistes ne sont pas autorisés dans le château, sauf pour les repas, n'est-ce pas ?

— Je suis désolée, c'était stupide de ma part de demander.

— Ne t'excuse pas, dit Caden. Ce n'est pas stupide. J'adorerais les voir, mais je ne veux pas enfreindre les règles. Tu ne pourrais pas les apporter ici ?

— Non, le coffre dans lequel je les garde est trop lourd. Oublie ça. Je ne veux pas t'attirer des ennuis.

Le silence s'étira entre eux jusqu'à ce que Caden prenne finalement la parole.

— J'irai si tu le veux vraiment.

Ce n'était pas ce qu'il avait dit, mais la *façon* dont il l'avait dit qui fit s'emballer le cœur de Mina. Elle voulait seulement lui montrer sa collection, mais le ton de sa voix alluma un feu sous sa peau qu'elle ne pouvait expliquer. Elle savait que c'était une mauvaise idée, mais peut-être que si elle lui montrait rapidement, il ne se ferait pas prendre. Les serviteurs seraient encore en train de travailler, donc il n'y aurait encore personne dans la chambre. Mina se leva et lui fit signe.

— Allons-y.

16

Caden suivit Mina dans le château, se cachant dans les embrasures et les passages latéraux lorsqu'ils croisaient des serviteurs encore au travail. Il ne portait pas son armure et il faisait sombre, mais il ne voulait prendre aucun risque. Si quelqu'un le reconnaissait et en informait le Capitaine Eduard, ou pire encore, Lord Klodian, il serait sûrement fouetté à nouveau. Bien que les blessures guériraient, la douleur n'était pas quelque chose qu'il appréciait. Après avoir traversé de nombreux couloirs labyrinthiques, il commençait à s'inquiéter.

— Encore combien de temps ? chuchota-t-il.

— Plus beaucoup. C'est juste après le coin. Reste ici et laisse-moi vérifier que la voie est libre.

Mina disparut de sa vue et il jeta un coup d'œil en arrière, dans la direction d'où ils venaient. Plus il passait de temps à l'intérieur du château, plus il craignait d'être attrapé. Des bruits de pas résonnaient contre les murs, mais il ne savait pas d'où ils provenaient. Caden se glissa dans l'embrasure d'une porte sombre et resta immobile.

Une servante apparut au coin du couloir, là où Mina était partie. La femme portait une bougie sur une petite assiette et passa sans le voir, continuant son chemin dans le couloir, ses pas s'estompant. Un moment plus tard, Mina revint.

— Désolée, dit-elle doucement. Kera était là-bas, alors je lui ai dit qu'on avait besoin d'elle aux cuisines. Avec un peu de chance, ils lui donneront du travail, mais elle pourrait revenir bientôt. On n'a probablement pas beaucoup de temps. Viens.

Mina le conduisit au coin du couloir et dans une grande pièce remplie de lits. Au pied de chacun d'eux se trouvait un grand coffre, qu'il supposait être destiné aux effets personnels. L'agencement était très similaire à celui des baraquements, y compris les fenêtres. La lumière de la lune filtrait dans la pièce, offrant un éclairage suffisant.

— Je ne sais pas pourquoi, mais j'imaginais que les serviteurs avaient tous leur propre chambre, dit Caden.

— J'aimerais bien, répondit Mina. C'est difficile de dormir quand il y a tant de gens qui ronflent en même temps.

Mina s'approcha d'un lit de camp contre le mur du fond et s'agenouilla à côté. Elle se pencha et tendit le bras sous le lit, faisant glisser une boîte en bois ordinaire. Elle était plus petite que le coffre, mais restait d'une taille respectable. Elle se leva et souleva la boîte sur le lit, ouvrant le couvercle. Caden vint se placer à côté d'elle et jeta un coup d'œil à l'intérieur. Des cornes de toutes tailles reposaient à l'intérieur, toutes empilées en rangées soignées, et elles étaient toutes de la même couleur.

— Ça fait beaucoup de dragons morts, dit Caden.

— C'est vrai, mais ce n'est pas assez.

— Le sera-ce un jour ?

Mina resta silencieuse un moment. Elle tourna la tête vers lui. — Ce sera suffisant quand cette malédiction aura disparu.

Caden fut tenté de lui demander ce qu'elle ferait si la malédiction n'était jamais levée, mais il ne voulait pas la contrarier. Elle semblait fière des cornes. D'une certaine manière, il comprenait pourquoi. Elle détestait les dragons avec passion, mais elle était aussi responsable de leur mort. Lord Klodian était peut-être celui qui les tuait, mais elle jouait un rôle important en les traquant.

— Les dragons ne sont-ils pas de couleurs différentes ?

— Si, répondit Mina.

— Alors pourquoi les cornes sont-elles toutes de la même couleur ?

Mina haussa les épaules. — Je ne sais pas pourquoi, mais la couleur de la corne s'estompe une fois qu'elle est retirée. Il y a cependant un moyen de savoir de quelle couleur était le dragon. Elle saisit l'une des cornes et inclina l'extrémité pointue vers le bas, révélant la partie qui avait été coupée.

C'était lisse, mais Caden remarqua autre chose. La couleur à l'intérieur était dorée.

— L'intérieur de leurs cornes reflète la couleur de leurs écailles. Celui-ci était un dragon d'or.

— Combien de couleurs y a-t-il ?

— Cinq que je connaisse. Or, argent, bronze, airain et cuivre. Mina fit une pause, et Caden eut l'impression qu'elle voulait en dire plus.

— Tu as des cornes de toutes les couleurs ?

— Non. J'ai une corne de chacune sauf le cuivre. Les dragons de cuivre semblent être plus rares que les autres.

— Tu sembles en savoir beaucoup sur eux.

— Il n'y a pas grand-chose à savoir, en réalité. Ils sont sauvages et indomptés comme n'importe quel autre animal, juste plus gros et plus méchants.

— Eh bien, je suis content de n'en avoir jamais vu, dit Caden. J'imagine que c'est effrayant.

— Très, répondit Mina. Je n'en ai vu que quelques-uns. Ils se cachent généralement dans des grottes, et Lord Klodian les tue avant que je ne les voie. Le dernier que j'ai vu a fait trembler tout mon corps, et il ne me regardait même pas.

Caden connaissait le terme : la peur du dragon. C'était un sentiment écrasant de terreur irrationnelle. Du moins, c'est ainsi qu'il l'avait entendu expliquer. Il n'y avait pas beaucoup de gens qui rencontraient un dragon et vivaient pour le raconter.

— Que feras-tu quand la malédiction sera levée ? Caden changea de sujet.

— Lord Klodian n'aura plus besoin de moi, alors il me vendra ou m'accordera ma liberté. J'ai plus que remboursé l'investissement qu'il a payé à mes parents. S'il me vend, je m'enfuirai, probablement vers un nouveau Dominion. Qui sait, peut-être que je finirai dans le même que celui où tu seras transféré. Elle sourit.

Caden doutait que Lord Klodian accorde sa liberté à Mina. Il la vendrait probablement — au plus offrant et puis l'oublierait. Il espérait que, quoi qu'il arrive, elle ne serait pas blessée. Il y avait beaucoup de gens sans scrupules dans le monde, et beaucoup d'entre eux manquaient de la décence que Lord

Klodian avait. Caden ne connaissait pas très bien Mina, mais elle méritait mieux dans la vie que d'être une esclave.

Mina croisa son regard et ils se fixèrent en silence. Il était attiré par elle, comme un papillon de nuit vers la flamme. Il était également attiré par Thais, et il pouvait sentir son cœur en guerre en lui. Les deux femmes étaient belles, et ses sentiments envers chacune étaient différents, mais ses émotions étaient un mélange confus.

Sans trop réfléchir, il se pencha vers Mina et l'embrassa. Ses lèvres étaient douces, et elle sentait la poussière et quelque chose d'agréable, mais il ne pouvait pas identifier l'odeur. Elle ne lui rendit pas son baiser, et il craignit d'avoir franchi une limite avec elle. Il s'écarta et sourit malgré le fait que son cœur battait la chamade de nervosité.

— Bonne nuit, dit-il, puis il tourna les talons et partit.

Il se dépêcha de descendre le couloir et réalisa rapidement qu'il n'avait aucune idée de comment sortir du château. Mina elle-même avait semblé incertaine des couloirs à emprunter, et il ne tarda pas à se perdre. Cela n'aidait pas qu'il ne puisse pas se concentrer sur la recherche du bon chemin. Ses pensées étaient tournées vers Mina. L'avait-il offensée avec son baiser, ou l'avait-il simplement surprise ? Il priait pour que ce soit la seconde option.

Caden tourna à l'angle et heurta la servante qu'il avait vue plus tôt. Mina lui avait dit qu'elle s'appelait Kera. Elle fit une révérence et baissa les yeux vers le sol.

— Veuillez m'excuser, mon Seigneur. Je ne regardais pas où j'allais.

Cela lui semblait étrange qu'on l'appelle ainsi. Il offrit son meilleur sourire et essaya de ne pas bégayer.

— Ce n'est pas un problème. J'essaie de prendre l'air dans la cour, mais il semble que je me sois perdu. Pouvez-vous m'indiquer le chemin ?

— Bien sûr, mon Seigneur. Je vais vous montrer.

Kera navigua facilement dans le dédale et une fois qu'ils eurent dépassé la salle à manger, il reconnut les lieux.

— Ah, je connais le chemin à partir d'ici. Merci.

— Je vous en prie, mon Seigneur. C'était un honneur.

Il attendit qu'elle soit partie, puis s'échappa rapidement du château et poussa un soupir de soulagement une fois dehors. L'air était frais et il ralentit son allure. Alors que l'excitation du baiser s'estompait, il se sentit coupable. Ce n'était pas seulement qu'il avait embrassé Mina sans sa permission, mais il avait l'impression d'avoir en quelque sorte trahi Thais. C'était stupide de sa part de ressentir cela puisque Thais et lui n'avaient même pas discuté de leurs sentiments, mais la culpabilité l'assaillait néanmoins.

La caserne était sombre lorsqu'il entra, mais il pouvait dire que la plupart de ses camarades étaient encore éveillés. Caden atteignit son lit de camp et s'allongea sans enlever ses chaussures. Il flottait quelque part entre les nuages de la tranquillité et du remords. Il devrait dire à Thais ce qu'il avait fait. Elle serait probablement en colère, mais sa conscience serait tranquille. Dire la vérité n'était jamais facile, mais c'était la chose à faire.

Avant qu'il ne puisse se relever, une agitation près de l'entrée attira son attention. Le Capitaine Eduard et deux autres hommes entrèrent, agitant des torches.

— Où est Caden ? demanda Eduard.

— Je suis ici, monsieur.

Caden roula hors du lit et se mit au garde-à-vous. Eduard et les deux autres vinrent droit vers lui.

— Vous êtes en état d'arrestation, dit Eduard. Emmenez-le au donjon.

—Arrestation ? Pour quoi ? Caden regarda tour à tour Eduard et les gardes comme si la réponse allait être évidente sur leurs visages.

— Je sais ce que vous avez fait. Inutile de feindre l'ignorance. Cela ne fera qu'aggraver les choses. Emmenez-le.

Les gardes le forcèrent à se retourner et lui lièrent les mains avec une corde, puis accrochèrent leurs bras aux siens et le firent marcher à travers la caserne vers la porte. Caden ne comprenait pas de quoi Eduard parlait. Il n'avait rien fait de mal. N'est-ce pas ?

Alors qu'ils passaient devant le lit de Thais, elle se tenait à côté. Caden la regarda d'un air suppliant, et elle articula silencieusement les mots : « Je suis désolée. »

17

Le baiser de Caden la hantait.

Mina n'avait jamais été embrassée auparavant, et l'expérience l'avait laissée chancelante et troublée. Ses émotions étaient un véritable chaos. Elle avait supposé qu'il éprouvait des sentiments pour Thais, mais de toute évidence, elle s'était trompée. Caden était beau et bien musclé, mais elle ne l'avait jamais considéré comme plus qu'un ami.

Non, ce n'était pas tout à fait vrai. Mina se mentait à elle-même, et elle le savait. Peut-être était-ce la peur de l'inconnu qui la retenait, mais elle ne voulait pas que Caden soit plus qu'un ami. Il y avait trop de choses à considérer.

Il était un Runesman avant tout. Sa vie serait toujours en danger. Elle était une esclave de Lord Klodian. En dehors de ses caprices, elle n'avait pas beaucoup de contrôle sur sa vie. Pas encore, en tout cas. Et elle n'avait aucun moyen de savoir quand elle serait libre... si elle le serait un jour. Les rêves étaient une chose, mais la réalité en était une autre.

Caden voulait aussi quitter le Dominion de Thophate. S'il partait, Mina ne pourrait pas le suivre à moins d'obtenir sa liberté. Pas sans encourir la colère de Klodian, et elle savait qu'il ne reculerait devant rien pour la retrouver si elle s'enfuyait. Ses chasses et sa richesse étaient trop importantes pour lui.

Mina fixa la collection de cornes dans le coffre pendant un moment avant d'en fermer le couvercle. Certains des serviteurs lui lançaient des regards étranges quand elle les sortait pour les regarder, mais ils ne comprenaient pas. Ce n'était pas par une fascination morbide qu'elle les gardait. C'étaient des trophées, les dépouilles de sa guerre personnelle contre les dragons.

— Personne ne comprendra jamais, murmura-t-elle.

Mina plaça le coffre sur le sol et le glissa sous le lit. Elle espérait que Caden avait trouvé son chemin hors du château. Il avait été tentant de courir après lui, mais elle savait que Kera pouvait revenir à tout moment. Si Caden était pris en train d'enfreindre les règles, Mina se sentirait terrible. Elle l'avait convaincu d'entrer dans le château, donc toute punition qu'il recevrait serait de sa faute.

Elle s'assit sur le lit et retira ses bottes. Un soulagement inonda ses pieds. Lord Klodian avait été implacable ces derniers jours, scrutant le désert à la recherche de dragons. Demain ne serait pas différent. Elle soupira et s'allongea, fixant le plafond sombre.

La chose suivante qu'elle sut, c'est qu'une faible lumière filtrait à travers les fenêtres. Elle s'était endormie et elle supposait qu'elle n'avait pas bougé de toute la nuit, car elle était dans la même position dont elle se souvenait quand elle pensait à Caden. Avec le soleil qui se levait, Lord Klodian se préparerait à partir. Mina se frotta les yeux et s'assit, glissant ses jambes sur le bord du lit. Elle enfila ses bottes et décida d'aller aux baraquements pour voir Caden avant de partir.

Comme il était encore tôt, le château était silencieux. La plupart des serviteurs dormaient encore, et Mina ne croisa personne dans les couloirs. Elle quitta le château et traversa la cour, entrant silencieusement dans les baraquements. Les Runesmen se lèveraient bientôt pour commencer leur prochaine journée d'entraînement, et Mina ne voulait pas être au milieu du chaos.

Elle chercha dans les rangées de lits de camp, mais elle ne vit Caden nulle part. Avait-il commencé sa course autour du château plus tôt ? Elle s'arrêta, jetant un coup d'œil autour des baraquements.

— Que fais-tu ? chuchota Thais.

Mina se retourna brusquement, le cœur battant. Thais était assise sur son lit de camp, regardant Mina.

— Je cherchais Caden.

— Je m'en doutais. Il n'est pas là.

— Est-ce qu'il court ses tours ?

Thais secoua la tête. — Il est dans le donjon, répondit-elle. Le Capitaine Eduard l'a arrêté hier soir.

Les yeux de Mina s'élargirent. — Quoi ? Pourquoi ?

Thais haussa les épaules. — Si quelqu'un le sait, ils ne le disent pas. Eduard l'a emmené et nous ne les avons ni vus ni entendus depuis.

Mina devait découvrir ce qui s'était passé, mais cela devrait attendre. Lord Klodian l'attendait probablement déjà. — Si tu entends quoi que ce soit, s'il te plaît, fais-le-moi savoir. Je ferai de même pour toi.

— Ça me semble équitable.

Mina se précipita hors des baraquements, se tournant vers l'écurie. Comme elle s'y attendait, Lord Klodian l'attendait quand elle arriva. Vhan était là aussi, mais aucun de l'entourage habituel n'était présent.

— Si tu dors encore trop longtemps, je te traînerai derrière mon cheval, menaça Klodian.

— Je suis désolée, mon Seigneur. Cela ne se reproduira plus.

— Veille à ce que cela ne se reproduise pas. Tu monteras avec Vhan aujourd'hui. Tu as marché trop lentement ces derniers temps, et j'ai besoin de rentrer plus tôt ce soir. J'ai des affaires à régler.

Mina acquiesça, soulagée de savoir qu'ils ne passeraient pas toute la journée dans la chaleur à nouveau. Elle s'approcha du cheval de Vhan, et l'écuyer lui tendit la main, la tirant sur la selle derrière lui. C'était un endroit inconfortable pour s'asseoir, mais elle était heureuse de ne pas avoir à aller à pied.

Ils chevauchèrent vers le nord-ouest, se dirigeant dans la même direction que la veille. Mina s'agrippait à Vhan pour ne pas tomber du cheval, mais il ne semblait pas s'en soucier. Finalement, Lord Klodian commença à parler avec Vhan. Mina n'écoutait qu'à moitié, mais il semblait que les conseillers de Klodian n'étaient pas satisfaits de lui.

— Je suis le seigneur de ce Dominion, dit Klodian. Je ne serai pas grondé comme un enfant. S'ils veulent continuer à se plaindre, je les pendrai tous au gibet.

— Je pense qu'ils sont inquiets, mon Seigneur, répondit Vhan.

— À propos de quoi ?

— De vous, entre autres choses. Vous n'avez jamais autant chassé les dragons de toute ma vie. Et il y a les rumeurs...

— Bah ! Ce ne sont que des rumeurs. La guerre ne se prépare pas dans les Dominions. Le Haut Prince descendrait du nord avec ses armées et nous rappellerait tous assez douloureusement comment il a unifié les terres en premier lieu. Et quant aux chasses aux dragons, ce n'est l'affaire de personne d'autre que la mienne si je cherche à me venger de ces maudites créatures. Elles ont détruit Slia, et je ne laisserai pas dire que je n'ai pas fait vivre l'enfer aux dragons en réponse.

— Je suis de votre côté, monsieur. Je veux voir la justice autant que vous.

Mina se frotta la jambe gauche. L'écaille lui donnait quelque chose, mais c'était faible.

— J'en suis sûr, dit Klodian. Et j'apprécie ta loyauté. C'est pourquoi tu es avec moi aujourd'hui et mes conseillers ne le sont pas. Je suis fatigué d'entendre leurs plaintes constantes.

— Mes oreilles vous remercient, répondit Vhan en riant.

Lord Klodian regarda Mina. — Quelque chose ?

— Oui, mais ce n'est pas encore très fort. Peut-être un peu plus loin.

Devant eux, une mesa dominait le paysage. Mina soupçonnait qu'il y avait une grotte là-bas, car plus ils s'approchaient, plus la sensation devenait forte. Une fois à quelques centaines de mètres, Mina en était certaine.

— C'est ici, dit-elle.

La mesa était fendue en deux par un passage étroit. Pour Mina, on aurait dit que quelqu'un avait fendu la mesa comme un œuf. Les parois du passage n'étaient pas déchiquetées, mais présentaient plutôt un motif en damier.

— Le dragon est là-dedans. Mina pointa du doigt l'étroite ouverture entre les deux immenses morceaux de la mesa.

Ils arrêtèrent les chevaux et Lord Klodian mit pied à terre. Il saisit son épée de la selle et l'attacha à sa taille, puis regarda Vhan.

— Tu es prêt ?

— Mon Seigneur ?

— Tu viens avec moi cette fois. Je veux que tu voies ce qu'il faut pour en tuer un. Même avec mes runes, ce sont des adversaires redoutables.

— J'ai attendu ce moment depuis longtemps, dit Vhan. Il glissa hors de la selle et ajusta sa cotte de mailles, puis leva les yeux vers Mina.

— Tu veux rester sur le cheval ?

— Pas vraiment.

Vhan lui offrit sa main, et elle accepta son aide pour descendre. Une fois au sol, Lord Klodian et Vhan marchèrent ensemble dans le passage. Mina tenait les rênes du cheval de Vhan, caressant son cou doux. Il hennit doucement et la poussa du nez quand elle s'arrêta.

— Pas besoin d'être grossier, dit Mina d'un ton joueur.

L'écaille dans sa jambe l'alerta de la présence d'un autre dragon. Et d'un autre encore. Elle se tourna vers le passage et scruta le ciel, mais aucun dragon ne volait au-dessus. Il y en avait définitivement trois. Elle pouvait sentir chacun d'eux individuellement. Les deux chevaux semblaient devenir agités. Ils reniflaient et piaffaient.

Quelque chose n'allait pas.

Mina ne savait pas d'où venaient les deux autres dragons, mais s'il y en avait trois dans le passage, Lord Klodian serait dépassé. Elle devait le prévenir avant qu'il ne soit trop tard, mais avant qu'elle ne puisse faire quoi que ce soit, le cheval de Vhan poussa un cri strident et se cabra, lui arrachant les rênes des mains. Mina regarda, impuissante, les deux chevaux se retourner et s'enfuir au galop vers le château.

L'écaille dans sa jambe vibra, et elle sprinta vers la mesa.

18

Thaïs l'avait trahi.

Ses excuses étaient un aveu de culpabilité. L'image de ses lèvres articulant son repentir s'était rejouée dans son esprit encore et encore, le tenant éveillé la majeure partie de la nuit. De plus, il faisait froid et il n'avait pas de couverture.

Caden était assis sur le sol de pierre glacé de sa cellule, le dos appuyé contre le mur. Ses poignets étaient menottés et enchaînés aux pierres derrière lui. Cela n'avait aucun sens. Pourquoi l'aurait-elle dénoncé à propos de ce qu'il avait trouvé ? Et pourquoi le capitaine Eduard s'en souciait-il autant ? Il était difficile de croire qu'Eduard accordait du crédit à la théorie du complot farfelue de Thaïs.

Pourtant, il était là, dans le donjon.

Des bruits de pas qui approchaient attirèrent son attention. Quelqu'un s'arrêta devant sa cellule, et Caden plissa les yeux, essayant de voir dans la pénombre. Des clés tintèrent, et la porte de la cellule s'ouvrit. Une silhouette entra et s'arrêta.

— Tu as faim ?

C'était le capitaine Eduard. Il s'approcha et s'agenouilla, offrant à Caden un plateau avec un bol de soupe fumante et une demi-miche de pain. L'estomac de Caden gargouilla à cette vue et il prit le plateau et commença à manger. Eduard se releva et resta là, silencieux.

— Je sais ce que tu as fait, dit-il finalement.

— De quoi parles-tu ?

Eduard émit un son à mi-chemin entre un reniflement et un rire. — Ne sommes-nous pas adultes ? Arrête tes jeux, Caden. Tu as fait quelque chose à Lord Klodian à Slia. Avoue-le simplement.

Caden lécha la soupe chaude sur ses lèvres. — Je n'ai rien fait à Lord Klodian. Je te l'ai dit, je l'ai trouvé inconscient. Qu'aurais-je à gagner en lui faisant du mal, de toute façon ? Ce n'est pas comme si j'étais son héritier, je ne pourrais pas prendre sa position.

— C'est vrai, mais je suis sûr que tu as d'autres motivations. Ta loyauté est ailleurs de toute façon, n'est-ce pas ?

— Ma loyauté va à toi et à Lord Klodian, répondit Caden. Je n'ai rien fait pour que tu la remettes en question.

Eduard croisa les bras et fixa Caden, qui continua à manger. Il termina le pain, trempant le dernier morceau dans la soupe pour plus de saveur.

— Je m'attendais à du pain moisi et de la nourriture froide, pour être honnête.

— Nous ne sommes pas des tyrans, railla Eduard.

— Et j'en suis reconnaissant.

— De quel Dominion viens-tu ?

— Celui-ci, dit Caden. Je suis né ici dans le Thophate.

— Je ne te crois pas.

— Crois ce que tu veux, monsieur. Je n'ai aucune raison de mentir.

— Bien sûr que si. Tu es un espion d'un autre Dominion, peut-être même un assassin. Qui t'a envoyé ici ?

Caden avala les dernières gouttes de soupe et posa le bol sur le plateau, puis mit le plateau de côté. Il s'essuya la bouche avec le dos de la main, les chaînes cliquetant avec ses mouvements.

— Personne ne m'a envoyé ici. Je suis ici de mon propre chef. Je veux être un Runesman. Je *suis* un Runesman. Tu as vu ma valeur et tu m'as choisi. Pourquoi me questionnes-tu maintenant ? Parce que j'ai trouvé Lord Klodian inconscient ? Thaïs et Mina étaient là avec moi avant que nous commencions à le chercher. Leur as-tu parlé ?

— Je l'ai fait, répondit Eduard. Elles semblaient franches, mais Thaïs a un attachement pour toi et Mina est une esclave. Sa parole ne vaut rien.

— Et la parole de Thaïs ? Ne vaut-elle rien non plus ? Tu as dit toi-même que nous sommes une confrérie. Même si elle ressent quelque chose pour moi, elle ne briserait pas son serment de Runesman.

— Dis ce que tu veux, mais jusqu'à ce que tu avoues ce que tu fais ici ou que tu prouves ton innocence, tu vas pourrir ici.

— Comment puis-je prouver mon innocence ? Je t'ai tout dit et tu as choisi de ne pas me croire.

— J'ai des preuves, dit Eduard.

Caden supposa qu'il parlait du morceau de métal qu'il avait trouvé à Slia. S'il admettait l'avoir trouvé, Eduard le libérerait-il ?

— Si tu fais référence à ce que j'ai trouvé à Slia, ce n'est pas une preuve de quoi que ce soit. Je l'ai trouvé dans les décombres, et je suis certain que cela n'a rien à voir avec la théorie de Thaïs.

Eduard lui lança un regard dur, puis décroisa les bras et ramassa le plateau. Il marcha jusqu'à la porte de la cellule et s'arrêta, regardant par-dessus son épaule vers Caden.

— Tu finiras par craquer, dit-il. Et quand tu le feras, je serai là pour t'infliger ta punition.

Eduard ferma la porte derrière lui et la verrouilla. Ses pas s'estompèrent progressivement et Caden se retrouva plus confus qu'il ne l'avait été avant leur conversation. Un espion d'un autre Dominion s'était-il vraiment infiltré dans l'armée de Lord Klodian ? Et si oui, quelle était sa mission ? Peut-être que si Caden pouvait découvrir qui c'était, il pourrait offrir son nom à Eduard et obtenir sa libération.

Malheureusement, être enfermé dans le donjon l'empêchait de recueillir des informations, mais d'un autre côté, il avait beaucoup de temps pour réfléchir. Il commença à analyser tout ce qu'il savait sur ses compagnons Runesmen. Il rejoua des conversations, essayant de trouver quelque chose, n'importe quoi, qui semblait suspect, et il en arriva à... pas grand-chose.

Pour autant qu'il puisse en juger, tous ceux qui avaient rejoint l'armée de Lord Klodian en même temps que lui semblaient légitimes. Le capitaine Eduard devait avoir tort. Ou alors, il avait dit toutes ces choses simplement pour lui embrouiller l'esprit. Caden poussa un soupir et appuya sa tête contre le mur. Il ne voulait pas passer le reste de ses jours dans le donjon, mais sans l'aide de quelqu'un, il craignait que ce ne soit son destin.

19

Mina s'engagea dans l'entrée du passage, essayant d'être aussi silencieuse que possible. Elle n'entendait aucun bruit de combat, et le chemin qui traversait la mesa serpentait, rendant impossible de voir ce qui se trouvait devant. Elle espérait que ce silence n'annonçait rien de mauvais.

Les parois de la mesa s'élevaient haut au-dessus d'elle. De petites crevasses s'ouvraient à gauche et à droite, mais elles étaient trop étroites pour s'y faufiler. Dans le sable, deux séries d'empreintes étaient clairement visibles. Celles de Lord Klodian étaient évidemment les plus grandes, et elle suivait le même chemin.

Mina pouvait sentir trois dragons distincts à travers l'écaille, bien que l'un d'eux semblait beaucoup plus puissant que les autres. Ils étaient tous proches, trop proches à son goût, mais si elle ne prévenait pas Klodian avant qu'il ne tombe sur eux, elle retournerait seule au château. Bien sûr, cela signifierait qu'elle serait libérée de l'esclavage, mais elle voulait surtout se débarrasser de cette écaille maudite.

Un rugissement emplit l'air, résonnant contre les parois. Le son était si puissant que Mina s'arrêta et faillit fuir. Un sentiment de terreur l'envahit, mais quelque chose au fond d'elle-même la poussa à continuer d'avancer. Il y eut un bruit métallique, suivi d'un cri humain empli de douleur. Mina rassembla son courage face à sa peur et jeta un coup d'œil derrière le mur courbe. L'étroit passage s'ouvrait sur un grand espace, et ses yeux s'écarquillèrent.

Il y avait là trois énormes dragons de cuivre. Ils étaient tous de taille égale, mais celui du milieu était celui que Mina ressentait le plus fortement à travers l'écaille. Une rangée d'épines courait de sa tête le long de son dos, chacune devenant plus petite à mesure qu'elles approchaient de la queue. Deux longues cornes courbées s'élançaient de chaque côté de sa tête, et au bout de ses ailes se trouvaient de plus petites cornes.

Des griffes aussi longues que des dagues labouraient la terre à chacun de ses pas. Sa gueule était ouverte, la salive dégoulinant de ses crocs. C'est alors que Mina remarqua Lord Klodian au sol devant le dragon. Son épée gisait à quelques mètres, et il rampait en arrière comme un crabe. Elle supposa qu'il était blessé à en juger par sa façon de bouger, et elle chercha Vhan du regard.

L'écuyer se trouvait près d'un des autres dragons, mais contrairement à Klodian, il ne bougeait pas. Une sombre flaque entourait son corps et Mina craignit que le garçon ne soit mort. Elle ne savait pas quoi faire. Retourner au château chercher de l'aide n'était pas une option. Même si les chevaux ne s'étaient pas enfuis, c'était trop loin.

Tue-le.

Mina fit volte-face pour voir qui se trouvait derrière elle, mais le passage était vide. Elle avait entendu une voix. D'où venait-elle ?

Oui, tue-le.

Une deuxième voix.

Mina leva les yeux, mais il n'y avait rien d'autre que le ciel bleu au-dessus. Perdait-elle la raison ? La malédiction avait-elle finalement eu raison d'elle ? Que se passait-il ?

Ne vous inquiétez pas, mes frères. Le tueur de dragons va mourir, mais je veux le voir se tortiller.

Mina se figea. Une centaine de pensées s'emmêlèrent dans son esprit. Elle jeta lentement un nouveau coup d'œil au-delà du coin. Le dragon du centre s'approchait de Klodian. Entendait-elle les dragons ? Non, c'était impossible. Les dragons ne pouvaient pas parler. C'étaient des animaux sans intelligence. Ils-

Il y en a un autre tout près. Dépêche-toi, mon frère ! Avant que d'autres n'arrivent.

Le dragon qui traquait Klodian émit un grognement guttural et bondit en avant. Klodian s'aplatit au sol, et la gueule du dragon pleine de dents acérées le manqua de peu. Le cœur de Mina fit un bond dans sa poitrine. C'était la fin. Klodian allait mourir. Il leva un bras comme s'il pouvait bloquer la puissante créature. Quand Mina s'avança dans leur champ de vision, elle n'avait aucune idée de ce qui la poussait à le faire.

— Arrêtez !

Les trois dragons tournèrent brusquement la tête dans sa direction, et elle réalisa qu'elle venait de commettre une terrible erreur. Maintenant, ils allaient tous servir de repas aux dragons.

C'est une femelle. C'était le dragon de gauche.

Une courageuse. Celui de droite.

Mina n'avait aucune idée de comment elle savait lequel parlait, elle le savait, c'est tout. Peut-être était-ce l'écaille. Ou peut-être qu'elle hallucinait toute cette situation. Oui, peut-être que la chaleur l'avait terrassée et qu'elle était en réalité évanouie sur le cheval de Vhan, rêvant fiévreusement tout ceci.

Elle mourra comme le tueur de dragons. Le chef du groupe. Celui avec lequel elle ressentait la connexion la plus forte. Sa présence semblait plus grande que nature, et elle crut percevoir des bribes d'émotions et de pensées venant de lui. Il était surtout en colère, mais il y avait une pointe de faim en dessous, et le tout était enveloppé de peur. De la peur ? Le dragon avait peur ? De quoi ? Et pourquoi ?

Le temps semblait s'être arrêté. Mina restait immobile, la peur des dragons la submergeant. Elle n'avait jamais été aussi proche de l'un d'eux. Peut-être était-ce pour cela qu'elle pouvait entendre leurs pensées. Elle essaya de bouger, mais elle était paralysée par la terreur. Le chef écarta ses serres et plaqua sa griffe avant droite sur Klodian, le clouant au sol.

Mina voulait hurler, mais elle ne pouvait pas bouger la bouche. Ses muscles refusaient d'obéir à sa volonté. Le dragon abaissa sa tête, à quelques centimètres du visage de Klodian. L'air sortant des narines du dragon ébouriffait les cheveux de Klodian, et le Seigneur du Dominion se débattait contre la griffe du dragon.

La justice est venue pour cet humain, tueur de dragons.

Puisse-t-il ne jamais trouver le repos, même dans la mort, ajoutèrent les deux autres à l'unisson.

Le chef ouvrit ses mâchoires. Mina ne pouvait toujours pas bouger, alors elle fit la seule chose à laquelle elle pouvait penser. Elle hurla aussi fort qu'elle le put dans son esprit, dirigeant son cri vers les sensations qu'elle ressentait de l'écaille dans sa jambe.

Ne le tuez pas !

Le dragon chef se raidit, son regard enflammé se posant sur elle. Les deux autres dragons reculèrent lentement, et elle put *sentir* leur peur. C'était l'odeur de la lavande. Mina n'eut pas le temps de se demander comment elle pouvait sentir leur peur. Sa terreur se dissipa et elle leva sa main droite en l'air.

Ne le tuez pas ! cria-t-elle à nouveau. Les deux dragons reniflèrent et déployèrent leurs ailes. Ils grimpèrent le long des parois de la mesa et s'élancèrent dans les airs. Le chef l'observait avec méfiance, et l'odeur de lavande émanait de lui à flots. Mina fit un pas en avant et le dragon se tendit.

Fuyez ! ordonna Mina.

Le dragon la fixa du regard, l'examinant de haut en bas. Ses yeux s'arrêtèrent sur sa jambe, et les joues de Mina s'empourprèrent. Il semblait que même les dragons jugeaient sa difformité. Soudain, le dragon recula et escalada la paroi de la mesa, suivant les deux autres. Il s'élança dans les airs et déploya ses ailes, les battant pour prendre de l'altitude. Malgré la hauteur à laquelle il se trouvait, l'air brassé par ses ailes souleva le sable dans la clairière. Mina enfouit son visage dans le creux de son bras et attendit que la poussière retombe, puis se précipita vers Klodian. Elle souleva la visière de son heaume et croisa son regard.

— Tu m'as sauvé la vie, souffla-t-il.

Elle l'avait fait pour des raisons égoïstes, mais il n'avait pas besoin de le savoir. Il était sa clé pour se libérer de la malédiction, qui s'était aggravée maintenant qu'elle savait qu'elle pouvait entendre les dragons.

— Nous devons te ramener au château, dit-elle. Peux-tu marcher ? Les chevaux sont partis.

— Je peux me débrouiller. J'utiliserai les runes si nécessaire.

Mina saisit sa main et tira de toutes ses forces. Il se mit debout et Mina commença à marcher vers Vhan.

— Laisse-le, dit Klodian. Il est mort.

— Tu en es sûr, mon Seigneur ?

— Même moi, je n'aurais pas pu survivre à ce qui lui est arrivé.

Mina s'approcha quand même de Vhan, s'agenouillant à côté de lui et essayant de ne pas regarder l'horreur de la scène. Ses yeux étaient ouverts et fixaient le vide. Klodian avait raison. Il *était* mort. Elle pressa ses doigts sur ses paupières et les ferma doucement.

— Trouve le repos dans le monde des esprits, dit-elle doucement.

Elle se releva et retourna aux côtés de Klodian, et ils traversèrent le passage pour sortir de la mesa. Mina jetait sans cesse des coups d'œil vers le ciel, mais il n'y avait aucun signe des dragons. Elle pouvait encore sentir la présence du puissant chef à travers l'écaille dans sa jambe et elle regarda en arrière vers la mesa. Il se cachait probablement là, les observant.

— Qu'y a-t-il ? demanda Klodian.

— Rien, répondit Mina. Je suis juste nerveuse.

— J'ai une dette envers toi, Mina. Réfléchis à ce que tu veux. Peu importe ce que c'est, ce sera à toi.

Il y avait beaucoup de choses que Mina désirait, mais à ce moment-là, une seule importait. Alors qu'ils traversaient péniblement le désert en direction du château, elle réalisa que, pour la première fois, Klodian l'avait appelée par son prénom.

20

Le tintement des clés tira Caden de sa torpeur.

Il cligna des yeux plusieurs fois, se demandant si le son était réel ou faisait partie de la rêverie qu'il entretenait. Quand le verrou cliqua et que la porte de la cellule s'ouvrit, il eut sa réponse. Le capitaine Eduard entra, et il n'avait pas l'air content.

La petite fenêtre rectangulaire située au-dessus de lui laissait juste assez de lumière dans la cellule pour qu'il puisse voir qu'Eduard avait un paquet de vêtements sous le bras. La mâchoire de l'homme était serrée, et il s'approcha du lit de camp pour y déposer les vêtements, puis déverrouilla les chaînes des poignets de Caden.

— Que se passe-t-il ? demanda Caden.

— Vous êtes transféré dans un autre Dominion, sur ordre de Lord Klodian.

Caden se frotta distraitement les poignets endoloris. Il était transféré ? Une multitude de questions se bousculaient dans son esprit. Être transféré dans un autre Dominion avait été son objectif lorsqu'il était devenu Runesman il y a plus d'une semaine, mais maintenant il avait des doutes. Être en compagnie de Thais et Mina l'avait fait remettre en question cet objectif, et il était maintenant plus confus que jamais.

— Je... ne comprends pas, dit-il.

— Il n'y a rien à comprendre. C'est la volonté de Lord Klodian, et elle sera exécutée. Habillez-vous. Quand vous aurez fini, vous récupérerez vos affaires dans les baraquements et vous partirez.

Eduard sortit de la cellule et resta dans le couloir. Caden ne voulait pas remettre en question sa chance, et il se changea rapidement avec les vêtements propres qu'Eduard lui avait fournis. Ce n'étaient pas les siens, mais ils lui allaient assez bien. Il jeta les haillons sales qu'il portait sur le lit de camp, étira ses muscles, puis rejoignit Eduard dans le couloir.

— Suivez-moi.

Caden fit ce qu'on lui demandait et suivit Eduard hors du donjon et dans le château. Ils ne parlèrent pas du tout, et Caden commençait à comprendre que ce qui s'était passé entre Eduard et Lord Klodian n'était pas ce qu'Eduard voulait. Ils sortirent du château et Caden prit une profonde bouffée d'air frais. Il n'était pas resté longtemps dans le donjon, mais la puanteur avait été écrasante. Les corps non lavés et la chaleur du désert faisaient mauvais ménage.

Les deux hommes traversèrent la cour et entrèrent dans les baraquements. Les autres Runesmen étaient sortis pour s'entraîner, et le bâtiment était vide. Caden alla à son lit de camp et rassembla ses maigres possessions, qui ne consistaient qu'en deux tenues de rechange, un petit sac de pièces d'argent et le morceau de métal qu'il avait trouvé à Slia. Il fourra le tout dans un sac en cuir et se tourna vers Eduard.

— Puis-je dire au revoir à quelques personnes ?

— Non.

Au ton de sa voix, Caden sut qu'il n'y avait pas de place pour le débat. Il hocha la tête, ne prenant pas la peine d'argumenter.

— Dans quel Dominion suis-je transféré ?

— Le Dominion de Dracan. C'est au nord-est d'ici. On vous donnera un cheval, vous devriez y arriver en quelques jours. Si vous chevauchez dur, vous pouvez y être en deux jours.

Le Dominion de Dracan. Caden le connaissait. Tout le monde le connaissait. C'était le fief de Lord Kristofel D'Lance, bras droit du Haut Prince lui-même. Il se vantait d'avoir la plus grande armée et plus de terres que n'importe quel autre Seigneur de Dominion. Tout cela rendait Caden encore plus perplexe. Ce transfert aurait dû être pour quelqu'un d'estimé, pas pour un Runesman néophyte comme lui. Son transfert était-il une punition ou une récompense ?

— Une des patrouilles vous escortera jusqu'à la frontière, ensuite vous serez livré à vous-même.

— Puis-je parler franchement, monsieur ?

— Vous pouvez.

— Je sais que vous pensez toujours que j'ai fait quelque chose à Lord Klodian, et à moins qu'un des dieux eux-mêmes ne vienne vous dire le contraire, je sais que vous ne changerez pas d'avis à ce sujet. Je maintiens mes paroles. Je ne lui ai rien fait, je le jure. Je ne sais pas pourquoi je suis transféré, mais si nous ne nous revoyons jamais, je veux que vous sachiez que je ne vous en veux pas. Si j'étais à votre place, je croirais aussi ce que je ressentais, mais parfois les choses qui semblent justes sont loin de la vérité.

Le capitaine Eduard s'éclaircit la gorge.

— Vous êtes un bon soldat, il n'y a pas de doute là-dessus. Que mes soupçons soient fondés ou non n'a plus d'importance maintenant. Vous n'êtes plus sous mon commandement. C'est tout ?

— Oui, monsieur.

— Bien. Venez.

Ils allèrent à l'écurie et Caden fut surpris de constater qu'un cheval avait déjà été préparé pour lui. La monture était sellée et une sacoche de provisions y était attachée. Il était transféré, on lui donnait un cheval et des provisions, et c'était censé être une punition ? Caden sourit intérieurement. Peut-être qu'un nouveau départ était dans son intérêt. Repartir à zéro dans un nouveau Dominion pourrait être exactement ce dont il avait besoin.

Caden attacha son sac à la selle et monta sur le cheval. Eduard le regarda, et il eut l'impression que le capitaine voulait dire quelque chose. L'homme resta cependant silencieux.

— Que les vents soufflent en votre faveur pour garder la poussière loin de vos yeux, dit Caden.

— Puisse le soleil être dans votre dos afin que vous voyiez toujours vos ennemis, répondit Eduard.

Caden prit les rênes dans ses mains et les secoua, guidant le cheval vers les portes. Une fois à l'extérieur des murs du château, il aperçut la patrouille dont Eduard avait parlé. Le petit groupe l'attendait, et lorsqu'il les rejoignit, ils se tournèrent vers le nord-est et commencèrent le voyage vers la frontière.

Il ne connaissait aucun des autres Runesmen. C'étaient ses aînés, et ils avaient tous des cicatrices de nombreuses batailles. Ils devaient avoir été transférés d'autres Dominions car il était bien connu que Lord Klodian faisait rarement la guerre à ses pairs. En considérant le chemin proverbial qui l'attendait, il était excité. C'était une chance de prouver qu'il était un soldat capable, et de trouver la gloire et les richesses qu'il désirait depuis aussi longtemps qu'il s'en souvienne.

Bien que l'opportunité soit bonne, il détestait la façon dont tout cela était arrivé. Thais avait trahi sa confiance, le forçant à la perdre elle et Mina d'un seul coup. Il espérait que Thais se sentait coupable. Une soudaine vague de colère le submergea, et il la maudit. Elle avait gâché les choses pour lui, et pas seulement avec le capitaine Eduard. Il avait aussi perdu Mina. Caden savait que la douleur de sa trahison s'estomperait, mais le souvenir de ses actes, non.

Alors que la graine de la haine commençait à germer en lui, il pria silencieusement pour rencontrer Thais sur le champ de bataille un jour. Il ne pouvait pas réparer son tort, mais il pourrait se venger.

Et il *se vengerait*.

21

Mina entra d'un pas hésitant dans la chambre personnelle de Lord Klodian. Il l'avait convoquée, et elle n'était pas sûre que ce soit une bonne chose. Certes, elle lui avait sauvé la vie, mais comme il était un Seigneur du Dominion, il ne lui devait rien. C'était déjà un miracle qu'il lui ait accordé quoi que ce soit, mais elle était convaincue d'avoir utilisé sa faveur à bon escient.

Lord Klodian était à son bureau, feuilletant des parchemins et marmonnant pour lui-même. Mina se tenait sur le côté et attendait, mais il était complètement absorbé par son travail. Elle ne voulait pas l'interrompre, mais il lui avait demandé de venir le voir. Ses paumes étaient moites de nervosité, et elle s'éclaircit la gorge.

Le bruit fit lever les yeux à Klodian qui fronça les sourcils en la voyant. Elle déglutit difficilement, pensant qu'il était contrarié par sa présence.

— Si vous êtes occupé, je peux revenir plus tard, mon Seigneur.

— Quoi ? Oh. Non. Non, maintenant c'est très bien.

Il se leva de sa chaise et vint se placer devant elle. Même sans son armure, il était une figure imposante. Il était plus grand que Caden. Il était aussi plus musclé, et sa carrure était plus remarquable quand il portait des vêtements simples. Des touches de gris parsemaient ses cheveux bruns, et ses yeux bleus étaient durs comme l'acier.

— Je voulais vous faire savoir que votre demande de transfert de votre amie vers un autre Dominion a été exécutée.

— Merci, mon Seigneur.

— C'est le moins que je puisse faire pour m'acquitter de ma dette envers vous. En fait, je ne pense pas que ce soit suffisant. Vous n'avez même pas demandé quelque chose pour vous-même.

Mina baissa les yeux vers le sol. Elle n'avait pensé à rien pour elle-même, hormis un moyen de lever la malédiction de l'écaille, mais Klodian ne pouvait pas faire cela à moins de tuer le dragon responsable. Et même cela n'était qu'une supposition de sa part.

— N'y a-t-il rien d'autre que vous désiriez ?

— Je ne sais pas, répondit Mina. Peut-être y a-t-il quelque chose, mais je ne pense pas que vous puissiez me le donner.

Klodian sourit d'un air entendu. — Si je pouvais retirer l'écaille de votre jambe, je ne sais pas si je le ferais. Elle m'a rendu très riche.

Mina savait qu'il n'avait pas vraiment pensé ce qu'il avait dit à propos de lui donner tout ce qu'elle désirait. Mis à part le retrait de l'écaille, la seule autre chose qu'elle voulait était la liberté. Et elle savait avec certitude qu'il ne lui donnerait pas cela.

— C'est mon désir, mais je sais que vous n'avez pas le pouvoir de la retirer, dit-elle. Je ne pense pas que quiconque le puisse.

— Il doit bien y avoir autre chose, insista Klodian. Je ne veux être redevable à personne.

Mina secoua la tête et ouvrit la bouche pour parler, mais il la fit taire d'un regard sévère. Elle se sentit rapetisser devant lui. C'était une habitude, ancrée en elle au fil des années.

— J'avais supposé que vous demanderiez plusieurs choses différentes, et vous m'avez surpris en ne demandant rien de tout cela. J'y ai longuement réfléchi depuis que nous avons quitté la mesa, et je sais ce que je vais vous donner.

Klodian leva son bras, la main fermée. Il était évident qu'il tenait quelque chose, et Mina avança lentement sa main sous la sienne. Klodian écarta ses doigts et laissa tomber quelque chose de froid et de circulaire dans sa paume. Elle retira sa main et vit que c'était un bracelet en or. Mina regarda Klodian d'un air interrogateur.

— Vous n'êtes plus une esclave, Mina. Ce bracelet est un signe de votre rang au sein de ma cour. À partir de ce jour, vous êtes désormais une de mes conseillères.

— Mon Seigneur ? Je... je ne suis pas une conseillère, balbutia-t-elle. Je ne suis pas sage dans les voies des batailles ou de la politique. Comment puis-je être une conseillère ?

— Je trouverai un poste pour vous, mais en attendant, vous êtes simplement un membre de ma cour maintenant. Vous êtes libre d'aller et venir à votre guise, mais je ne vous demande qu'une seule chose.

— Quoi donc ?

— Que vous continuiez à me mener aux dragons, dit Klodian.

— Et si je refuse ?

Mina vit le léger serrement de mâchoire de Klodian, mais il la surprit par sa réponse.

— C'est votre décision. Comme je l'ai dit, vous n'êtes plus une esclave.

Elle était sans voix. Il l'avait libérée. Elle scruta son visage, attendant la révélation d'une cruelle plaisanterie. Klodian soutint son regard, mais il n'y avait aucune malice dans ses yeux.

— Vous êtes sérieux, mon Seigneur ?

— Je le suis.

— Je ne sais pas quoi dire. Je... merci.

— Vous m'avez sauvé la vie, dit-il. Il n'y a pas besoin de me remercier. C'est *moi* qui vous remercie.

Les larmes montèrent aux yeux de Mina. Elle cligna plusieurs fois des paupières, luttant pour ne pas fondre en larmes.

— Il y a certaines choses dont je dois m'occuper, mais si vous avez besoin de quoi que ce soit, demandez à l'intendant. Je l'ai déjà informé des changements, donc on prendra bien soin de vous.

— Merci encore, mon Seigneur, dit doucement Mina, toujours incrédule.

Elle quitta la pièce dans un état second et parvint d'une manière ou d'une autre à naviguer dans le dédale de couloirs jusqu'aux quartiers des serviteurs. Elle se dirigea vers son lit, mais quelque chose était différent. Un rapide coup d'œil aux alentours révéla que toutes ses affaires avaient disparu. La panique l'envahit et elle regarda sous le lit. Sa boîte de cornes avait disparu.

— Vos affaires ont été déplacées dans votre nouvelle chambre, dit Kera derrière elle.

Mina leva les yeux vers la jeune fille depuis le sol. — Ma nouvelle chambre ?

— Oui. L'intendant nous a fait tout transporter. Cette petite boîte avec vos cornes pèse son poids.

— Il y a beaucoup de cornes dedans, dit Mina. Pouvez-vous me dire où se trouve cette chambre ?

— Oui, mais il vaut probablement mieux que je vous montre. Venez.

Mina suivit Kera dans le couloir et elles tournèrent à gauche, laissant derrière elles les chambres des serviteurs. Quelques virages plus tard, elles entrèrent dans l'aile réservée aux nobles et aux autres membres de la cour. Mina n'était venue dans cette partie du château qu'une poignée de fois, et elle savait qu'il lui faudrait du temps pour s'adapter à ce nouvel environnement.

Kera s'arrêta devant l'une des portes et l'ouvrit, faisant signe à Mina d'entrer. Celle-ci s'exécuta et s'émerveilla devant les meubles coûteux et autres bibelots qui décoraient la pièce. Une épée était accrochée à l'un des murs, et Mina se demanda ce qu'elle était censée faire de cette arme. Kera suivit son regard.

— C'était la chambre de Vhan, dit-elle à voix basse. L'épée lui appartenait. L'intendant l'a laissée là, mais si vous voulez que je l'enlève...

— Elle peut rester, répondit Mina en l'interrompant. Je l'aime bien.

— Très bien. Avez-vous besoin de quelque chose avant que je parte ?

Mina secoua la tête.

— Si c'est le cas, sonnez la cloche sur le bureau là-bas, et l'un des domestiques répondra à votre appel. Le son voyage étrangement dans ces couloirs, donc il leur faudra peut-être un moment pour déterminer de quelle pièce il provient. Kera fit une pause. Quoi qu'il en soit, je vous reverrai dans le château, ma Dame.

Mina tressaillit à ces derniers mots, mais Kera sortait déjà de la pièce et ne vit pas sa réaction. Toute sa façon de vivre avait changé si soudainement. Ce n'était pas un mauvais changement, mais il lui faudrait du temps pour s'habituer à être appelée « ma Dame ».

Des fenêtres bordaient le mur du fond, et Mina s'en approcha pour voir quelle vue elle avait. La cour était visible, et elle aperçut une silhouette familière. Caden. Il était à cheval, se dirigeant vers la porte qui le mènerait vers sa nouvelle vie. Son cœur se serra à la vue de son départ, mais elle savait que c'était ce qu'il avait voulu. Elle aurait aimé pouvoir lui dire au revoir, mais elle supposa que cela aurait été plus douloureux que de simplement le regarder s'éloigner.

Elle le regarda jusqu'à ce qu'elle ne puisse plus le voir, puis elle jeta un coup d'œil autour de sa nouvelle chambre. Elle n'arrivait toujours pas à croire que Klodian l'avait libérée. Il voulait toujours son aide pour chasser les dragons, et elle la lui offrirait volontiers. Jusqu'à ce que la malédiction soit brisée, elle ne cesserait pas de les traquer pour lui.

La scène du mesa surgit dans son esprit. Les voix profondes des dragons massifs résonnaient dans ses pensées, et elle savait qu'il lui faudrait longtemps avant d'oublier leur son. Mina frotta l'écaille sur sa jambe et regarda de nouveau par la fenêtre. Les dragons n'étaient nulle part près du château, et pourtant elle pouvait encore sentir le plus puissant d'entre eux. Pourquoi pouvait-elle entendre leurs pensées ? Pourquoi sentait-elle encore le chef, même maintenant ? Il y avait trop de questions, trop de choses qu'elle ignorait.

Mais elle avait une idée.

C'était probablement de quoi la faire tuer, mais si elle réussissait, peut-être pourrait-elle enfin être libre. Une fois la nuit tombée, elle décrocha l'épée de Vhan du mur et l'emporta avec elle en quittant discrètement le château, se dirigeant vers le mesa où elle savait que le dragon serait. Elle ne savait pas comment utiliser une épée, et n'était pas assez forte pour combattre un dragon, mais tout cela n'avait pas d'importance. Elle allait obtenir des réponses.

D'une manière ou d'une autre.

Le voyage continue dans...
L'Œuf du Dragon

À PROPOS DE L'AUTEUR

Bonjour!

Je suis un auteur fantastique qui adore écrire sur les dragons. J'ai publié plus de 40 livres et j'ai l'intention d'en écrire bien d'autres.

J'espère que vous avez apprécié ce livre et merci de l'avoir lu.

Vous pouvez me suivre sur les réseaux sociaux pour me contacter directement sur https:www.facebook.com/dragonfirepress.